동물
물 농
장

일러두기

- 이 책은 George Orwell, 『*Animal Farm*』(HARCOURT, BRACE AND COMPANY, INC, 1946)을 참고했습니다.
- 이 작품은 원작을 완역했습니다.

동물 농장

조지 오웰 지음

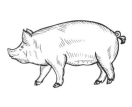

1940년에 BBC 방송에 출연 중인 조지 오웰

조지 오웰은 1903년 6월 25일 인도 북동부 모티하리에서 아편국 하급 관리인 리처드 블레어(Richard Blair)와 어머니 아이다 블레어(Ida Mabel Blair) 사이에서 태어났으며 본명은 에릭 아서 블레어(Eric Arthur Blair)이다. 태어나자마자 영국으로 건너간 그는 1917년 이튼 칼리지를 졸업한 후 식민지인 인도 제국 경찰에 지원하여 복무한다. 하지만 곧 제국주의의 모순과 한계를 절감하고 1927년 영국으로 귀국, 밑바닥 생활을 하면서 작가의 길에 들어선다. 이어 여러 편의 장편을 발표하여 문학계의 인정을 받은 그는 스페인 내전이 발발하자 파시즘과 맞서 싸우기 위해 자원입대, 전선에 나선다. 그러나 그는 곧 스페인 공산당의 박해를 받고 죽음의 위협으로부터 탈출한다.

그는 스페인 내전 경험을 바탕으로 1943년부터 『동물 농장』 집필에 들어간다. 소련 신화가 서구 사회주의에 끼친 부정적 영향에 맞서기 위해서였다. 이 책의 출간과 함께 그는 일약 세계적인 작가가 되었으며 1946년도에 집필을 시작해 1949년 11월에 출간한 『1984』는 그의 명성을 더욱 확고부동한 것으로 만들어주었다.

그는 지병인 폐결핵이 악화되어 1950년 1월 47세를 일기로 런던의 한 병원에서 사망했다. 「타임스」에서는 전후 가장 위대한 영국 작가 중 2위로 그를 선정했고 BBC 투표에서는 지난 천 년 동안 가장 위대한 영어 작가 3위로 뽑혔다.

노만 페트(Norman Pett)가 1950년에 카툰으로 제작한 『동물 농장』의 삽화. 영국의 저명한 풍자 만화가인 그의 『동물 농장』은 영국 밖에서도 다수 번역 소개되었으며 슬라이드 쇼로도 제작되어 인기를 끌었다. 조지 오웰은 파시즘에 맞서기 위해 스페인 내전에 참가하지만 곧바로 소련 공산당의 실상을 파악하게 된다. 『동물 농장』은 스탈린의 악행과 소련의 현실을 고발하기 위해서 쓴 소설이다. 그렇기에 『동물 농장』의 무대와 작품에 등장하는 캐릭터들은 당시의 현실에 그대로 부합된다. 우화 형식을 빌린 철저한 리얼리즘 소설이라고 말해도 별로 틀린 말이 아니다.

『동물 농장』에 나오는 '네 다리는 좋다. 두 다리는 나쁘다'라는
선전 문구를 풍자한 디자인 삽화

우화 형식을 취하고 있는 『동물 농장』은 1917년 러시아에서 혁명이 일어난 후 제정이 붕괴하고 스탈린이
집권하기까지의 과정을 정확하게 반영하고 있는 소설이다. 그 과정을 통해 애초의 혁명 정신과 의지는 변
질하고 타락해 가며, 혁명에 동참한 동물들(민중들)은 점차 세뇌되어 간다. 사회주의자이자 '마르크스주
의통일노동자당(POUM)'에 가입한 공산당원이기도 했던 조지 오웰이 『동물 농장』을 쓴 것은 단순히 공
산당을 비판하기 위해서가 아니다. 그가 이 소설을 쓴 것은 인간 사회에 잠재해 있는 '전체주의적 속성'에
전율해서였다.

1943년 포츠담 회담에서 소련의 스탈린과 미국의 루즈벨트 대통령, 영국의 처칠 수상

제2차 세계대전 발발 직전 유럽인들은 나치즘과 공산당이라는 두 개의 거대한 악 사이에서 찢기고 있었다. 그리고 철저한 반공주의자였던 처칠이 스탈린과 손을 잡은 것은 커다란 충격이었다. 조지 오웰은 대부분의 지식인과는 달리 둘 중 어느 편을 들 것인가 하는 문제로 고민한 것이 아니라, 두 거대 악 속에 잠재해 있는 공통적인 요소를 고발하고 경고하는 길로 나아갔다. 그 길에서 그가 쓰게 된 소설이 『1984』라는 디스토피아 소설이다.

동물 농장 차례

제1장

매너 농장의 존스 씨는 밤에 닭장의 자물쇠를 채웠지만 너무 술에 취해 개구멍을 막아놓는 것을 깜빡했다. 둥근 불빛이 너울너울 춤추는 등을 들고 그는 비틀거리며 마당을 가로질러 걸어갔다. 그는 뒷문에 이르자 장화를 벗어 던지고 부엌 싱크대에 놓인 맥주 통에서 한 잔의 맥주를 따라 마신 후 침대로 기어 올라갔다. 침대에서는 이미 존스 부인이 코를 골고 있었다.

침실의 불이 꺼지자마자 농장 건물 전체가 술렁이기 시작했다. 미들·화이트 상을 받은 수퇘지 메이저 영감의 메시지가 낮 동안에 한 바퀴 빙 돌았다. 전날 밤 이상한 꿈을 꾸었다며 그 내용을 다른 동물들에게 전하고 싶다는 것이었다. 그들은 존스 씨가 잠에 곯아떨어진 뒤에 모두 넓은 헛간에 모이기로 합의를 보았다. 메이저 영감—그는 윌링던 뷰티라는 이름으로 품평회에 나갔지만 모두 그를 메이저 영감이라고 불렀다—은 농장에서 크게 존경을 받고 있었기에 누구나 그의 말을 듣기 위해 한 시간 정도 잠을 손해 볼 용의가 있었다.

넓은 헛간 한쪽 끝에 마치 연단처럼 높은 곳이 있었고 메이저 영감은 이미 짚으로 만든 자리에 편안히 앉아 있었다. 그의 머리 위 대들보에는 등불이 걸려 있었다. 열두 살이나 먹은 그는 최근에 몸이 약간 비대해졌지만 여전히 위엄이 넘쳐흐르는 돼지였고 송곳니를 한 번도 자른 적이 없었음에도 불구하고 여전히 현명하고 자애로운 모습을 지니고 있었다. 얼마 지나지 않아 다른 동물들이 도착해서 저마다 편한 자세로 자리를 잡기 시작했다. 제일 먼저 불루벨, 제시, 핀처, 세 마리의 개가 도착했고 이어서 돼지들이 도착해서 연단 바로 앞 짚 위에 즉시 자리를 잡고 앉았다. 암탉들은 창문턱에 홰를 쳤고 비둘기들이 서까래 위에서 퍼덕거렸으며 양과 암소들이 돼지들 뒤에 엎드려 되새김질을 시작했다. 짐마차를 끄는 복서와 클로버 두 마리의 말이 함께 들어와 행여 작은 동물이 짚 속에 숨어있을까 봐 아주 조심스럽게 발걸음을 천천히 옮기더니 털이 수북한 넓은 발굽을 굽히고 좌정했다. 클로버는 중년에 이른 뚱뚱하고 자상한 암말로서 새끼를 네 번 낳은 이후로는 원래의 몸매를 되찾지 못하고 있었다. 복서는 키가 거의 180센티미터에 이르는 장대한 말로서 거뜬히 여느 말 두 마리의 힘을 낼 수 있었다. 코밑에 난 흰 줄 때문에 어딘지 어리숙한 인상을 주었고 실제로 머리가 뛰어나지도 않았다. 하지만 그는 성격이 곧으며 엄청난 작업 능력 때문에 두루 존경을 받고 있었다. 말들 다음으로 흰 염소 뮤리엘과 당나귀 벤저민이 왔다. 벤저민은 농장에서 나이가 가장 많은 동물이었고 성질도 가장 까다로웠다. 그는 말이 거의 없었지만 일단 입만 열었다 하면 대개 그 무언가를 비꼬는 냉소적인 내용이었다. 예를 들어 하느님이 파리를 쫓으라고 꼬리를 주었지만 멀지 않아 꼬리도, 파리도 없어질 것이라고 그는 말하곤 했다. 농장의 동물 가운데서 유독 그만 웃지 않았다. 왜 웃지 않느냐고 물으면 그는 웃을 일이라곤 도무지 없기 때문이라고 대답했다. 그럼에도 불구하고 겉으로 노골적으로 드러내지는 않았지만 그는 복서를 무척이나 좋아했다. 그들은 일요일이면 과수원 너머의 작은 풀밭에서 말없이 풀을 뜯으며 함께 지내곤 했다.

두 마리 말이 자리를 잡자 엄마 잃은 오리 새끼들이 헛간으로 들어와서 나약하게 꽥꽥거리며 밟히지 않을 장소를 찾아 우왕좌왕했다. 클로버가 커다란 앞발로 담요 자락 비슷한 것을 새끼 오리들 주변에 둥그렇게 만들어 주자 새끼 오리들은 그 안으로 들어가 금세 잠이 들었다. 느지막이 존스 씨의 마차를 끄는 멍청하면서도 예쁜 암말 몰리가 설탕 덩어리를 씹으며 들어왔다. 그녀는 교태를 부리며 앞줄 가까이 자리를 잡더니 하얀 갈기를 흔들기 시작했다. 그곳에 땋아놓은 붉은 리본을 과시하기 위해서였다. 제일 마지막으로 고양이가 왔다. 고양이는 늘 그렇듯 가장 따뜻한 곳을 찾아 사방을 둘러보더니 결국 복서와 클로버 사이로 비집고 들어왔다. 그녀는 메이저 영감의 단 한마디 말도 귀담아듣지 않았으면서도 영감이 연설하는 동안 매우 만족스럽다는 듯 가르랑거렸다.

이제 뒷문 횃대 위에서 잠들어 있는 길들인 갈까마귀 모제스만 빼고 모든 동물이 모였다. 메이저는 모든 동물이 편안한 자세로 주의를 기울이고 있는 모습을 보며 목청을 가다듬은 후 연설을 시작했다.

"동무들, 여러분은 이미 내가 지난밤에 이상한 꿈을 꾸었다는 이야기를 들었을 것입니다. 하지만 꿈 이야기는 나중에 하겠습니다. 그 전에 먼저 여러분에게 드릴 말씀이 있습니다. 내게는 이제 동무들과 함께할 수 있는 시간이 몇 달밖에 남지 않은 것 같습니다. 그리고 죽기 전에 내가 얻은 지혜를 여러분에게 전해주는 것이 나의 의무라고 느낍니다. 나는 오랫동안 살았고 내 우리에 홀로 누워 오랜 시간 생각을 했습니다. 그리고 나는 지금 살아 있는 동물들뿐 아니라 지상의 삶 전반의 본질을 이해할 수 있게 되었다고 말해도 좋을 듯싶습니다. 내가 여러분에게 말하고 싶은 것은 바로 내가 이해한 본질에 관한 것입니다.

자, 동무들, 우리의 이 삶의 본질이 무엇일까요? 우리 다 같이 직시해 봅시다. 우리의 삶은 비참하고 고되며 짧습니다. 우리는 세상에 태어나서 우리의 명맥만 겨우 유지할 수 있을 정도의 먹이만 얻어먹습니다. 그리고 일할 수 있는 자들은 마지막 한 방울의 힘이 다할 때까지 노동을 강요받고 있습니다. 그리고 우리가 쓸모없어지는 순간 우리는 끔찍할 정도로 잔인하게 도살당합니다. 영국의 동물치고 한 살 나이를 먹은 이후 행복이나 여가라는 말의 의미를 알게 되는 자는 아무도 없습니다. 영국의 동물들은 그 누구도 자유롭지 않습니다. 동물들의 삶은 비참하고 노예 상태에 놓여 있습니다. 이것은 명백한 진리입니다.

그런데 이것이 바로 자연의 질서일까요? 우리가 살고 있는 땅이 그토록 곤궁해서 그곳에 살고 있는 존재들에게 버젓한 삶을 제공할 수 없기에 그렇게 되는 걸까요? 아닙니다, 동무들! 천부당만부당 아닙니다! 영국의 땅은 기름지며 날씨도 좋아서 지금 여기 살고 있는 동물들보다 훨씬 더 많은 수의 동물에게 풍족하게 식량을 공급할 수 있습니다. 우리 농장 단 하나만으로도 열두 마리의 말, 스무 마리의 암소, 수백 마리의 양을 먹여 살릴 수 있으며 그것도 우리가 상상할 수 없을 정도로 안락하고 품위 있는 삶을 누리게 할 수 있습니다. 그런데 왜 우리는 이토록 비참하게 살아야만 하는 걸까요? 그것은 우리의 노동으로 생산한 것의 대부분을 인간에게 도둑맞기 때문입니다. 동무들, 바로 거기에 우리가 당면하고 있는 모든 문제의 답이 있습니다. 단 한 단어, 즉 '인간'이라는 한 단어로 모든 것을 요약할 수 있습니다. 인간만이 우리의 실질적인 적입니다. 삶의 무대에서 인간을 축출하면 기아와 과도한 노동의 뿌리가 영원히 제거될 수 있습니다.

인간은 생산하지 않고 소비하는 유일한 동물입니다. 인간은 우유를 제공하지도 않고 알을 낳지도 않으며 쟁기를 끌 만한 힘도 없을 정도로 약하고 토끼를 잡을 수 있을 만큼 빨리 달리지도 못합니다. 그런데도 인간은 모든 동물의 주인입니다. 인간은 동물들에게 일을 시키면서 겨우 굶어 죽지 않을 정도로 최소한의 먹을 것만 줍니다. 그리고 나머지는 자신을 위해 쌓아 둡니다. 우리의 노동으로 땅을 갈고 우리의 분뇨로 땅을 기름지게 하면서도 우리는 그 누구도 헐벗은 자신의 가죽 외에는 소유하는 것이 없습니다. 제 앞에 앉아 있는 암소 여러분, 당신들이 지난해에 짜낸 젖이 대체 몇천 갤런입니까? 그리고 송아지를 튼튼하게 먹여야 할 그 젖이 어떻게 됐습니까? 마지막 한 방울까지 우리의 적의 목구멍으로 넘어간 것입니다. 그리고 암탉 여러분, 당신들은 지난해에 얼마나 많은 알을 낳았습니까? 그리고 그중 병아리를 깐 것이 몇 개나 됩니까? 나머지들은 모두 시장에 팔려나가 존스와 그의 가족들에게 돈을 벌어주었습니다. 그리고 클로버 당신, 당신이 낳은 망아지는 지금 어디 있나요? 늘그막에 당신을 부양하고 당신을 즐겁게 해주어야 마땅한 그 망아지들은 한 살이 되자마자 팔려나갔습니다. 당신은 당신 자식들을 평생 다시는 볼 수 없게 된 겁니다. 네 번의 출산과 들판에서 힘든 노동의 결과가 당신에게 돌아온 보답이라고는 보잘것없는 여물과 마구간이 고작이었습니다.

게다가 우리가 영위하고 있는 이 비참한 삶마저 제대로 천명을 누릴 수 없게 되어 있습니다. 나는 나 자신에 대해서는 불평하지 않습니다. 나는 행운아이기 때문입니다. 나는 열두 살이고 자식 숫자도 400이 넘으니까요. 돼지가 누려야 할 자연스러운 삶이지요. 하지만 어떤 짐승도 결국 잔인한 칼날을 피하지 못합니다. 내 앞에 앉아 있는 젊고 살이 찐 돼지 여러분, 여러분은 분명 1년 내로 도살대 위에서 비명을 지르며 목숨을 잃게 될 겁니다. 우리 모두에게 그런 무서운 일이 닥칠 겁니다. 암소, 돼지, 암탉, 양 모두에게 말입니다. 말이나 개라고 해서 나을 것이 없습니다. 복서, 당신의 그 건장한 근육이 힘을 잃는 순간 존스가 당신을 백정에게 팔아넘길 것이고 백정은 당신 목을 따서 사냥개 밥으로 물에 끓일 거요. 개들도 늙어서 이빨이 없어지면 존스는 그 목에 벽돌을 매달아 가까운 연못에 빠뜨려 죽여 버릴 거요.

그러니 동무들, 우리들의 삶에 가해지는 이 온갖 사악한 짓이 인간들의 폭정에서 비롯되었다는 것이 너무 명백하지 않습니까? 인간을 축출해야만 우리 노동의 산물이 우리의 것이 될 수 있습니다. 거의 하룻밤 만에 우리는 부자가 되고 자유로워질 수 있습니다. 그렇다면 우리는 어떻게 해야 할까요? 인간 종족을 타도하기 위해 불철주야 노력하고 우리의 몸과 마음을 바칩시다! 동무들, 그것이 바로 내가 여러분들에게 전하는 메시지입니다! 봉기하자! 그 봉기가 언제 올지 나는 모릅니다. 한 주 뒤일 수도 있고 백 년 후일 수도 있습니다. 하지만 조만간에 정의가 실현되리라는 것, 그것은 내 발밑의 이 짚을 보듯 확실하다는 것, 그것을 나는 압니다. 동무들, 여러분의 여생이 비록 짧더라도 이 사실에 시선을 고정합시다! 그리고 무엇보다도 내가 전한 메시지를 후손들에게 전해서 그들이 승리의 그날까지 싸울 수 있게 해줍시다.

그리고 동무들, 기억하십시오. 결단 내리기를 결코 머뭇거리면 안 됩니다. 쓸데없는 논란으로 길을 헤매면 안 됩니다. 인간과 동물은 이익을 공유하고 있으며 한쪽이 흥해야 다른 쪽도 흥한다는 말에 절대로 귀를 기울이면 안 됩니다. 그것은 모두 거짓말입니다. 인간은 자기 자신의 이익 외에는 그 어떤 동물의 이익에도 관심이 없습니다. 그러니 우리 동물들은 우리의 투쟁을 위해 우리끼리 철저하게 단합해야 하고 완벽한 동무애를 발휘해야 합니다. 인간은 모두 적입니다. 동물은 모두 동무입니다."

바로 그 순간 대단한 소동이 벌어졌다. 메이저가 연설하는 동안 커다란 쥐 네 마리가 구멍에서 기어 나오더니 엉덩이를 바닥에 붙이고 앉아 영감의 말에 귀를 기울였던 것이다. 개들이 그들의 모습을 발견하자 쥐들은 잽싸게 구멍 속으로 달려 들어가 겨우 목숨을 구할 수 있었다. 메이저는 앞다리를 들어 동물들을 진정시켰다.

"동무들." 그가 말했다. "우리가 정확하게 규정해야 할 문제가 한 가지 있습니다. 쥐나 토끼 같은 야생 동물은 우리의 친구일까요, 아니면 적일까요? 투표로 정하도록 합시다. 나는 이 질문을 우리 모임의 의제로 제안합니다. 쥐들은 동무인가?"

당장에 투표가 실시되었고 압도적인 다수로 쥐가 동무로 결정되었다. 반대는 겨우 네 표였는데 셋은 개였고 하나는 고양이였다. 그리고 고양이는 찬성과 반대 두 군데 모두 표를 던졌다는 사실이 나중에 밝혀졌다. 메이저가 연설을 계속했다.

"여러분에게 더 이상 드릴 말씀은 별로 없습니다. 다만 인간과 그가 하는 짓에 대한 적개심을 품는 것, 그것이 바로 여러분의 의무임을 잊지 말라는 말을 되풀이하고 싶을 뿐입니다. 두 발로 걷는 것은 모두 적입니다. 네 다리로 걷고 날개가 있는 것은 모두 친구입니다. 그리고 인간과 싸우면서 절대로 인간을 닮으면 안 된다는 사실을 명심하시기를 바랍니다. 여러분이 인간을 정복한 후에도 그들의 악덕을 답습하지 마십시오. 그 어떤 동물도 집안에서 살거나 침대에서 잠을 자면 안 되고 옷을 입거나 술을 먹거나 담배를 피워서도 안 되고 돈에 손을 대거나 장사를 해서도 안 됩니다. 인간의 모든 습관은 사악한 것입니다. 그리고 무엇보다도 그 어떤 동물도 자기 종족에게 군림하며 그들을 탄압하면 안 됩니다. 약하건 강하건, 현명하건 어리석건 우리는 모두 형제입니다. 그 어떤 동물도 다른 동물을 죽여서는 안 됩니다. 모든 동물은 평등합니다.

자, 동무들, 이제, 내가 어젯밤에 꾼 꿈에 대해 여러분에게 말씀드리겠습니다. 나는 여러분에게 그 꿈을 묘사할 수는 없습니다. 인간이 추방된 후의 이 땅의 모습에 대한 꿈입니다. 하지만 그 꿈은 내가 오랫동안 잊고 있던 것을 상기시켜 주었습니다. 수년 전, 내가 아직 어린 돼지였을 때 나의 어머니와 다른 암돼지들은 겨우 가락과 앞 몇 마디 가사만 아는 옛날 노래를 즐겨 웅얼거리곤 했습니다. 나는 어린 시절 그 가락에 익숙해 있었지만 오래전에 기억에서 사라져 버렸습니다. 그런데 지난밤 꿈속에서 그 가락이 되살아났습니다. 게다가 그 노래 가사도 되살아났습니다. 확신하지만 오래전에 동물들이 부르던 가사인데 수 세대를 거쳐오는 동안 잊힌 가사입니다. 동무들, 이제 내가 그 노래를 부르겠습니다. 나는 늙었고 목소리도 거칠기 짝이 없습니다. 하지만 내가 여러분에게 곡조를 가르쳐 주면 여러분 자신이 더 잘 부르게 될 것입니다. 〈영국의 동물들〉이라는 노래입니다."

늙은 메이저는 목을 가다듬고 노래를 부르기 시작했다. 그가 말한 대로 그의 목소리는 거칠었다. 하지만 그는 노래를 썩 잘 불렀다. 그 노래는 어딘지 클레멘타인과 라쿠카라차와 비슷한, 감동적인 곡조였다. 가사는 다음과 같았다.

영국의 동물들아, 아일랜드의 동물들아,
모든 땅, 온 누리의 동물들아,
황금빛 미래를 향한
나의 즐거운 소식에 귀를 기울여라.
조만간 그날이 올지니,
폭군 인간이 추방되고
풍요로운 영국 들판에는
오직 동물들만 활보하리라.
우리의 코에서 굴레가 사라지고
우리의 등에서 멍에가 벗겨질 것이며
재갈과 박차는 영원히 녹슬 것이고
잔인한 회초리는 더 이상 그 소리를 내지 않으리라.

상상도 할 수 없을 정도의 풍요가,

밀과 보리와 귀리와 건초가,

토끼풀과 콩과 온갖 사료가,

그날이 오면 모두 우리 것이 되리라.

영국의 들판은 찬란히 빛나고,

영국의 강물은 더없이 맑을 것이며,

더없이 향기로운 미풍이 불어오리라.

우리가 자유롭게 될 바로 그날에.

비록 우리 그날을 못 보고 죽을지라도,

그날을 위해 우리는 노력해야 하나니,

암소와 말과 거위와 칠면조도,

모두 자유를 위해 싸워야 한다.

영국의 동물들아, 아일랜드의 동물들아,

모든 땅, 온 누리의 동물들아,

귀를 기울이고 널리 전하라.

미래 황금시대에 대한 나의 소식을.

　　노래를 들으면서 동물들은 격렬한 흥분의 도가니에 휩싸였다. 메이저가 노래를 끝내기 전에 모두 스스로 노래를 따라부르기 시작했다. 아무리 멍청한 동물도 금세 곡조를 익혔고 가사를 일부 외웠으며 돼지와 개처럼 영리한 동물들은 노래 전체를 몇 분 안에 완벽하게 익혔다. 이어서 몇 번 연습한 끝에 농장 전체가 일치단결해서 커다란 목소리로 〈영국의 동물들〉을 제창했다. 암소들은 저음으로, 음매, 음매 노래했고 개들은 낑낑거렸으며 양들은 매, 말들은 히힝 하며 노래했고 오리들은 꽥꽥거렸다. 그들은 노래에 열광해서 다섯 번이나 연달아 합창했고 방해만 없었더라면 밤새 부를 기세였다.

불행히도 그 북새통에 존스 씨가 잠에서 깨어났다. 그는 침대에서 튕겨 일어났다. 여우가 개구멍을 통해 마당으로 들어왔다고 생각한 것이다. 그는 침대 모서리에 늘 세워 놓는 총을 집어 들고는 어둠을 향해 6호 탄(彈)을 발사했다. 총알은 헛간 벽에 박혔고 모임은 순식간에 와해되었다. 모두 허둥지둥 자신의 잠자리로 돌아간 것이다. 새들은 횃대로 날아갔고 동물들은 짚속으로 기어들었으며 농장 전체가 한순간에 잠에 빠져들었다.

제2장

사흘 뒤 메이저 영감은 잠을 자다가 평화롭게 눈을 감았다. 그의 시체는 과수원 기슭에 묻혔다.

그것이 3월 초였다. 이후 석 달 동안 극히 비밀스러운 움직임이 있었다. 메이저의 연설은 농장에서 제법 머리가 좋은 동물들에게 완전히 새로운 인생관을 심어주었다. 그들은 메이저가 예언한 봉기가 언제 일어날 것인지 알지 못했으며 또 그들 생전에 그 일이 있으리라고 생각할 아무런 이유도 없었다. 하지만 그 봉기를 준비하는 것이 자기들의 의무라는 점은 분명히 알고 있었다. 다른 동물들을 가르치고 조직하는 것은 당연히 동물 중 가장 똑똑하다고 정평이 나 있는 돼지들의 몫이었다. 돼지 중에서도 존스가 팔아넘기기 위해 키우고 있는 스노우볼과 나폴레옹이라는 젊은 수돼지가 발군이었다. 나폴레옹은 몸집이 크고 다소 사납게 보이는 이 농장 유일한 버크셔종 수돼지로서 말은 별로 없었지만 한 번 마음먹은 일은 끝까지 밀고 나가는 것으로 정평이 있었다. 스노우볼은 나폴레옹보다 쾌활했으며 언변이 좋았고 창의적이었다. 하지만 나폴레옹만큼 깊은 속을 지닌 돼지는 아닌 것으로 알려져 있었다. 둘을 제외한 나머지 돼지들은 모두 식용 돼지였다. 그들 중 가장 유명한 돼지가 작고 뚱뚱한 스퀄러라는 돼지로서 뺨이 둥글고 눈이 반짝였으며 행동이 민첩했고 목소리는 날카로웠다. 그는 뛰어나게 말을 잘했으며 뭔가 어려운 문제를 놓고 토론할 때면 이리저리 뛰어다니며 꼬리를 흔들어 댔는데 그 때문에 왠지 설득력이 있어 보였다. 스퀄러라면 검은 것을 흰 것으로 바꿔 놓을 수 있을 것이라고들 말할 정도였다.

이 셋은 메이저의 가르침을 완벽한 사상체계로 공들여 만든 다음 그것을 '동물주의'라고 명명했다. 그들은 일주일에 며칠 밤씩 존스가 잠든 후 헛간에서 비밀 회합을 가지면서 동물들에게 동물주의의 원리를 자세히 설명해주었다. 처음에 그들에게 돌아온 반응은 아둔함과 냉담이었다. 어떤 동물들은 그들이 '주인님'이라고 부르는 존스 씨에 대한 충성을 내세우며 "존스 씨가 우리를 먹여 살리고 있다. 그가 없으면 우리는 굶어 죽을 것이다"라고 유치한 이야기를 늘어놓기도 했다. 또 "우리가 왜 우리 죽은 후에 벌어질 일에 대해 신경을 써야 하는가?"라고 말하는 자, 혹은 "어차피 이 봉기가 일어나게 되어있다면 우리가 그것을 위해 힘쓰건 아니건 마찬가지 아닌가?"라는 질문을 던지는 자도 있었다. 돼지들은 그런 생각이나 질문이 동물주의 정신에 위배된다는 것을 알려주기 위해 진땀을 흘려야 했다.

그중에 가장 어리석은 질문은 흰 암말 몰리의 질문이었다. 그녀가 스노우볼에게 제일 먼저 던진 질문은 이런 것이었다.

"봉기 후에도 여전히 설탕이 있을까요?"

"없소." 스노우볼이 단호하게 답했다. "이 농장에는 설탕을 만드는 시설이 없소. 게다가 당신은 더 이상 설탕이 필요 없을 거요. 원하는 만큼 귀리와 건초를 먹게 될 거요."

"갈기에 리본을 계속 매도 괜찮을까요?" 몰리가 다시 물었다.

"동무." 스노우볼이 말했다. "당신이 그토록 애지중지하는 리본은 예속의 징표요. 자유가 리본보다 값지다는 걸 이해할 수 없단 말이오?"

몰리는 끄덕거렸지만 그다지 확신하는 것 같지는 않았다.

돼지들은, 길들인 갈까마귀 모세스가 늘어놓는 거짓말을 반박하느라 힘든 싸움을 벌여야만 했다. 존스 씨가 총애하는 애완동물 모제스는 스파이에 고자쟁이였다. 하지만 동시에 능란한 이야기꾼이었다. 그는 모든 동물이 죽으면 가는 슈거캔디 마운틴이라는 신비의 나라가 존재한다는 걸 알고 있다고 주장했다. 저 멀리 하늘 높이, 구름 너머 어딘가에 그곳이 있다고 그는 말했다. 슈거캔디 마운틴은 매일이 일요일이고 토끼풀이 사시사철 자라며 울타리에는 설탕 덩어리와 박하 과자가 주렁주렁 달려 있다는 것이었다. 동물들은 이야기만 지껄일 뿐 일을 하지 않는 모제스를 미워했지만 몇몇 동물들은 슈거캔디 마운틴이 실제로 존재한다고 믿었다. 돼지들은 그런 곳은 없다고 동물들을 설득하느라 힘겹게 입씨름을 벌여야만 했다.

돼지들의 가장 충실한 제자는 짐마차를 끄는 두 마리의 말인 복서와 클로버였다. 이 둘은 스스로 그 무언가를 생각해 내는 것은 대단히 어려웠지만 일단 돼지들을 선생으로 받아들이자 그들이 한 말을 모두 흡수해서 아주 단순하게 다른 동물들에게 전했다. 그들은 헛간의 비밀 모임에 빠지는 적이 없었으며 모임이 끝날 때면 늘 〈영국의 동물들〉을 선창했다.

이제 봉기는 기대했던 것보다 더 빨리, 또한 더 쉽게 달성될 것으로 보였다. 존스 씨는 비록 냉혹한 주인이었지만 지난 몇 년간 유능한 농부였다. 하지만 최근에 이르러 그는 심한 곤경

제2장

27

에 빠졌다. 그는 소송에서 돈을 잃고 낙담한 나머지 주량 이상의 술을 과음해 왔다. 때로는 연거푸 며칠 동안 식당의 윈저식 의자에 퍼져 앉아서 신문을 보고 술을 마시면서 이따금 맥주에 적신 빵 껍질을 모제스에게 먹이곤 했다. 일꾼들은 게으르고 부정직했으며 들판에는 잡초가 무성했고 건물 지붕에서는 물이 샜으며 울타리는 방치되었고 동물들은 굶주렸다.

6월이 되었고 건초를 벨 시기가 가까워졌다. 세례요한 축일 전야는 마침 토요일이어서 존스 씨는 윌링던으로 나갔다가 레드 라이언 술집에서 술을 진탕 마시고 일요일 낮이 될 때까지 돌아오지 않았다. 일꾼들은 아침 일찍 우유를 짜고는 동물들에게 먹이 주는 일은 신경도 쓰지 않은 채 토끼를 잡으러 나가 버렸다. 집으로 돌아온 존스 씨는 얼굴에 「세계 뉴스」지를 덮은 채 곧바로 소파에 누워 잠이 들어버렸기에 동물들은 저녁때까지 쫄쫄 굶을 수밖에 없었다. 마침내 동물들의 인내력이 바닥났다. 암소 한 마리가 뿔로 곳간 문을 부수고 들어갔고 뒤따라 들어간 동물들이 곡물 상자에 머리를 처박고 먹어대기 시작했다. 바로 그때 존스 씨가 잠에서 깨어났다. 얼마 후 존스 씨와 일꾼 네 명이 헛간으로 들어와 회초리를 이리저리 마구 휘둘러대기 시작했다. 굶주린 동물들에게는 도저히 참을 수 없는 일이었다. 미리 계획한 바가 없었음에도 불구하고 동물들은 한뜻이 되어 박해자들에게 달려들었다. 존스와 일꾼들은 갑자기 사방으로부터 뿔에 받히고 발길에 차이게 되었다. 상황은 걷잡을 수 없게 되었다. 그들은 동물들이 이런 식의 행동을 하는 것을 본 적이 없었다. 자기들 마음대로 채찍질하고 혹사해 오던 동물들이 갑자기 반란을 일으키니 그들은 혼쭐이 나갈 지경이었다. 잠시 후 그들은 맞서기를 포기하고 줄행랑을 쳤다. 얼마 뒤 그들 다섯 명은 의기양양하게 추격해 오는 동물들에게 쫓겨 큰 길로 통하는 마찻길을 허둥지둥 도망치고 있었다.

침실 창문을 통해 밖을 내다본 존스 부인은 사태를 파악하고는 황급히 소지품을 가방에 챙겨 넣고 다른 길을 통해 농장을 빠져나갔다. 모제스가 횃대로부터 훌쩍 날아올라 큰 소리로 깍깍 울부짖으며 그녀의 뒤를 따랐다. 한편 존스와 일꾼들을 큰 길까지 쫓아낸 동물들은 다섯 개의 빗장이 걸린 문을 쾅 닫았다. 그런 식으로 자신들이 무슨 일을 벌였는지 미처 알아차리기도 전에 봉기는 성공적으로 수행된 것이다. 존스는 추방되었고 매너 농장은 그들의 것이 되었다.

처음 몇 분 동안 동물들은 자신들이 맞이한 행운을 거의 믿을 수 없었다. 그들이 제일 먼저 취한 행동은 모두가 한 몸이 되어 농장 경계선을 빙 돌아 뛰어다니는 것이었다. 마치 농장 어딘가에 숨어있는 인간이라도 없는지 찾아내려는 것 같았다. 그런 후 그들은 다시 농장 건물로 달려와 존스의 가증스러운 통치의 흔적을 모두 쓸어버렸다. 외양간 끝에 있는 용구실(用具室) 문이 부서져 열렸다. 재갈, 코뚜레, 개 줄, 존스 씨가 돼지와 양을 거세할 때 사용하던 잔인한 칼 등을 모두 우물에 던져 버렸다. 고삐, 굴레, 눈가리개, 목에 차고 다니던 치욕적인 꼴 자루는 모두 마당에 피워 놓은 불 속에 던져 버렸다. 회초리도 마찬가지였다. 모든 동물은 회초리가 불꽃이 되어 타오르는 것을 보고 환호작약했다. 스노우볼은 장날이면 으레 말갈기와 꼬리에 장식하던 리본도 불 속에 던져 버렸다.

"리본이란" 그가 말했다. "옷과 마찬가지로 인간의 표지로 간주해야 합니다. 모든 동물은 옷을 입으면 안 됩니다."

그 말을 들은 복서는 귓가에 몰려드는 파리들을 막기 위해 여름이면 쓰곤 했던 작은 밀짚모자를 가져와서 다른 것들과 함께 불 속에 던져 버렸다.

삽시간에 동물들은 존스 씨를 연상시키는 것은 모두 파괴했다. 이어서 나폴레옹은 그들을 창고로 데리고 가서 모두에게 두 배의 옥수수를 나누어 주었고 개들에게는 비스킷 두 개씩을 주었다. 그들은 〈영국의 동물들〉을 일곱 번이나 연달아 부르고는 밤이 되자 잠자리에 들어 이제껏 맛보지 못한 단잠을 잤다.

다음 날 그들은 평상시처럼 일찍 일어났다. 그리고 전날 일어난 영광스러운 일을 갑자기 상기하고는 모두 함께 목장으로 달려 나갔다. 목장 약간 아래쪽에 농장 전체가 거의 다 내려다보이는 작은 언덕이 있었다. 동물들은 그 꼭대기로 몰려가 빛나는 아침 햇살 속에서 주위를 둘러보았다. 그렇다, 그들 것이었다! 그들 눈에 보이는 것이 모두 그들 것이었다! 그 황홀한 생각에 그들은 이리저리 뛰어다녔고 흥분에 휩싸여 환호작약하며 공중으로 펄쩍펄쩍 뛰어올랐다. 그들은 풀밭을 뒹굴며 달콤한 여름풀을 한 잎 가득 베어 물었고 검은 흙을 발로 걸어차며 그 풍요로운 향기를 맡았다. 그들은 농장을 두루 돌아다니면서 이루 말할 수 없는 경탄에 젖어 경작지와 건초 밭, 과수원, 연못, 잡목 숲을 구경했다. 마치 생전 처음 보는 것들 같았으며 그것들이 모두 자기들 것이라는 사실을 여전히 믿을 수 없었다.

그런 후 그들은 존스 씨 가족이 살던 농가로 돌아와 건물 밖에서 조용히 멈춰 섰다. 이 농가도 그들 것이었다. 그러나 안으로 들어가기가 두려웠다. 하지만 잠시 후 스노우볼과 나폴레옹이 어깨로 문을 열어젖히자 동물들이 혹시 뭔가 건드릴까 극도

제2장

31

로 조심하며 일렬로 안으로 들어갔다. 그들은 살금살금 이 방, 저 방을 다니면서 혹시 속삭임 이상의 목소리가 나올까 봐 극도로 조심하면서 믿을 수 없을 만큼 화려한 사치품들,—깃털 매트리스 침대, 거울, 말 털 소파, 브뤼셀 융단, 응접실 벽난로 위에 걸린 빅토리아 여왕의 석판화들을 일종의 경외감을 느끼며 구경했다. 그들은 계단을 내려오면서 몰리가 없어졌다는 사실을 발견했다. 그들은 되돌아가서 가장 아름다운 방에 뒤처져 남아 있는 그녀를 발견했다. 그녀는 존스 부인의 화장대 위에서 푸른색 리본 하나를 집어서 어깨에 걸치고는 아주 바보 같은 태도로 거울에 비친 자기 모습에 취해 있었다. 모두 그녀를 날카롭게 꾸짖었고 그들은 함께 밖으로 나왔다. 부엌에 걸려 있던 햄은 밖으로 가지고 나와 묻어버렸으며 싱크대에 놓여 있는 맥주 통은 복서가 발굽으로 차서 구멍을 냈다. 그 외에 집 안에 있는 물건에는 전혀 손을 대지 않았다. 이어서 농장을 박물관으로 보존하자는 의견이 만장일치로 통과되었다. 동물들은 그 안에 살면 안 된다는 것에 대해서도 모두 동의했다.

동물들이 아침 식사를 마치자 스노우볼과 나폴레옹이 그들을 다시 불러모았다.

"동무들," 스노우볼이 말했다. "지금은 여섯 시 반입니다. 우리 앞에는 긴 하루가 기다리고 있습니다. 오늘 건초를 거둬들입시다. 하지만 그 전에 먼저 유의해야 할 사항이 있습니다."

돼지들은 지난 석 달 동안 존스 씨의 아이들이 쓰고 쓰레기통에 버린 낡은 철자 교본을 갖고 독학으로 읽고 쓰는 법을 배웠다는 사실을 밝혔다. 나폴레옹은 검은색과 흰색 페인트 통을 가져오라고 하더니 모두를 한 길로 통하는 다섯 개의 빗장이 걸린 정문으로 데리고 갔다. 스노우볼은 두 앞다리 사이에 붓을 끼고 문짝 맨 위에 적힌 '매너 농장' 간판을 페인트로 지운 후 그 자리에 '동물 농장'이라고 썼다. 스노우볼이 글씨를 제일 잘 썼기에 그 일을 담당한 것이었으며 이것이 앞으로 이 농장의 이름이 될 것이었다. 그 일을 마치자 그들은 농장 건물로 되돌아왔다. 그러자 스노우볼과 나폴레옹은 넓은 헛간 벽 끝에 세워 놓았던 사다리를 가져오라고 했다. 그들은 지난 석 달 동안의 연구 끝에 '동물주의'의 원칙을 '7계명(誡命)'으로 압축하는 데 성공했다고 설명했다. 돼지들은 이 '7계명'을 벽에 적어놓겠다, 이 계명은 동물 농장의 동물들의 앞으로 영원히 지키며 살아야 하는 불변의 법칙이라고 말했다. 스노우볼은 약간 애를 먹으면서—돼지가 사다리 위에서 균형을 취하기란 쉬운 일이 아니었기 때문이다—사다리에 올라가 작업을 시작했다. 스퀼러가 몇 단 아래에서 페인트 통을 들고 있었다. 계명은 30미터 정도 떨어진 곳에서도 읽을 수 있을 정도로 커다란 흰 글자로, 타르 칠을 한 벽 위에 썼다. 그 계명은 다음과 같다.

칠 계 명

두 발로 걷는 것은 모두 적이다.

네 다리로 걷거나 날개가 있는 것은 모두 친구이다.

어떤 동물도 옷을 입으면 안 된다.

어떤 동물도 침대에서 잠을 자면 안 된다.

어떤 동물도 술을 마시면 안 된다.

어떤 동물도 다른 동물을 죽이면 안 된다.

모든 동물은 평등하다.

글씨도 깔끔했으며 'friend'가 'freind'로 잘못 쓰였고 한 군데 S자가 반대 방향으로 구부러진 것 외에는 철자도 정확했다. 스노우볼이 모든 동물에게 그 글을 큰 소리로 읽어주었다. 모든 동물이 고개를 끄덕여 동의했고 머리가 좋은 동물들은 벌써 그 계명들을 외우기 시작했다.

"자, 동무들!" 스노우볼이 페인트 붓을 던지며 외쳤다. "모두 건초 밭으로! 존스와 그의 일꾼들보다 더 빨리 건초를 거둘 수 있음을 명예로 여깁시다."

그런데 바로 그 순간, 얼마 전부터 뭔가 불편한 기색을 보이던 암소 세 마리가 크게 음매 소리를 냈다. 스물네 시간 동안 우유를 짜지 않아서 젖통이 거의 터질 듯했던 것이다. 얼마간 궁리 끝에 돼지들은 양동이를 가져오라고 하더니 꽤 성공적으로 우유를 짜냈다. 돼지의 네 다리가 셋을 짜는 데 어느 정도 안성맞춤이었다. 곧이어 크림 같은 우유가 다섯 동이나 생겼고 모든 동물이 무척 흥미로운 표정으로 우유를 바라보았다.

"이 우유를 어떻게 할 건가요?" 누군가가 물었다.

"존스가 가끔 우유를 우리 먹이에 섞어주기도 했어요." 암탉 한 마리가 말했다.

"동무들, 우유에 대해서는 신경 쓰지 마시오!" 나폴레옹이 양동이들 앞으로 나서며 외쳤다. "잘 처리될 거요. 추수가 더 중요하오. 스노우볼 동무가 여러분을 인도할 거요. 나는 몇 분 뒤에 따라가겠소. 자, 동무들, 앞으로! 건초가 기다리고 있소!"

그리하여 동물들은 건초를 거두기 위해 풀밭으로 행진해 갔고 그들이 돌아왔을 때 그들은 우유가 없어진 것을 알았다.

제3장

건초를 거둬들이기 위해 그들은 그 얼마나 고생하며 땀을 흘렸던가!

하지만 그들의 노력은 보상을 받았다. 그들이 기대하던 이상의 큰 성공을 거둔 것이다. 때로는 일이 힘들었다. 도구들은 인간이 사용하도록 고안된 것이지 동물들을 위해서 고안된 것이 아니었다. 또한 뒷다리에 걸치도록 만들어진 도구를 쓸 수 있는 동물은 아무도 없다는 것이 커다란 약점이었다. 하지만 돼지들은 영리해서 난관에 봉착할 때마다 해결 방법을 찾아낼 수 있었다. 말들은 들판 구석구석을 잘 알고 있었고 실제로 풀을 베는 일과 갈퀴질을 존스 씨와 그의 일꾼들보다 훨씬 잘할 수 있었다. 돼지들은 실질적인 일은 하지 않고 다른 동물들을 감독했다. 그들이 뛰어난 지식을 갖고 있었으니 그들이 리더십을 장악하는 것은 당연했다. 복서와 클로버는 제 몸에 제초기나 써레를 달고—물론 이제 재갈이나 고삐는 필요 없었다—열심히 들판을 빙빙 돌았다. 경우에 따라 돼지가 뒤따라오며 "이랴, 동무!"라거나 "워이, 뒤로, 동무!"라고 외치기도 했다. 그리고 가장 미약한 동물까지 건초를 추스르고 모으는 일을 했다. 심지어 오리들과 암탉들까지도 온종일 땡볕을 왔다 갔다 하며 부리로 한 숨씩 선초를 날랐다. 마침내 그들은 존스와 그의 일꾼들이 평소 걸리던 것보다 이틀 빠르게 수확을 마쳤다. 게다가 전례 없이 풍성한 수확이었다. 낭비라고는 전혀 없었다. 암탉들과 오리들이 그 날카로운 눈으로 마지막 줄기까지 거두었으며 그어느 동물도 단 한 입의 풀도 훔치지 않았다.

그 여름 내내 농장 일은 일사불란하게 진행되었다. 동물들은 미처 상상해 보지도 못할 정도로 행복했다. 한 입 먹는 음식마다 짜릿하고 벅찬 즐거움을 주었다. 이제 그것은 인색한 주인이 그들에게 나누어주는 먹이가 아니라 스스로를 위해 스스로 생산한, 진정으로 그들 자신의 음식이었다. 쓸모없는 기생충 같은 인간이 사라지고 나니 각자가 먹을 식량이 더 풍부해졌다. 도무지 어떻게 써먹어야 하는지 경험이 없긴 했지만 여가도 많아졌다. 물론 많은 난관에 봉착하긴 했다. 예를 들어 농장에는 탈곡기가 없었기에 가을이 되어 곡식을 거둬들이면 옛날식으로 발로 밟은 뒤 입김으로 불어서 껍질을 날려버려야 했다. 하지만 돼지들의 지혜와 복서의 엄청난 근육의 힘으로 이런 문제들을 이겨낼 수 있었다.

복서에게는 누구나 경탄했다. 그는 존스 시대에도 열성적인 일꾼이었다. 하지만 이제 그는 말 세 마리 몫 이상의 일을 했다. 어떤 날에는 농장 모든 일의 성패가 그의 강한 어깨에 걸려 있는 듯 보이기도 했다. 그는 아침부터 밤까지 언제나 가장 일이 힘든 곳에서 밀고 당기고 힘을 썼다. 그는 자기를 남들보다 30분 먼저 깨워달라고 수탉 한 마리와 미리 약속해 놓았다. 그는 정규 일과 시간이 시작되기 전에 자신의 도움이 절실히 필요하다고 생각되는 곳으로 가서 자발적으로 일을 했다. 문제가 생기거나 좌절을 겪을 때마다 그가 하는 대답은 한결같았다. "내가 좀 더 열심히 하지, 뭐!" 그것이 바로 그의 개인적인 신조였다.

그러나 나머지는 모두 자신의 능력에 따라 일했다. 예를 들어 암탉과 오리들은 흩어진 이삭들을 주워 모음으로써 추수 때 곡물량을 열 말이나 더 늘릴 수 있었다. 아무도 훔치지 않았고 아무도 자기 배급량에 불평하지 않았으며 지난날 다반사로 벌어졌던 싸우고 물고 질투하던 모습도 거의 사라졌다. 아무도, 아니, 거의 아무도 게으름을 피우지 않았다. 사실 몰리는 아침에 일찍 일어나지도 않았고 발굽에 돌이 끼었다는 핑계로 일찍 일을 그만두곤 했다. 그리고 고양이의 행동도 뭔가 수상했다. 해야 할 일이 있을 때마다 고양이가 눈에 보이지 않는다는 사실이 곧 밝혀졌다. 그녀는 몇 시간 동안이나 사라졌다가 식사 때, 혹은 일이 다 끝난 저녁 무렵에 아무 일도 없다는 듯 모습을 나타냈다. 하지만 그럴 때마다 그럴듯한 핑계를 댔고 너무 다정하게 가르랑거렸기 때문에 그녀의 선의를 믿지 않을 도리가 없었다.

늙은 당나귀 벤저민은 봉기 이후에도 별로 달라진 것 같지 않았다. 그는 존스 시대와 마찬가지로 게으름을 피우지도 않고 자발적으로 과외 일을 떠맡지도 않으면서 느리고 고집스럽게 일을 했다. 봉기와 그 결과에 대해서 그는 아무 의견도 표시하지 않았다. 존스가 사라져서 더 행복하지 않으냐는 질문을 받으면 그는 "당나귀들은 오래 살아왔다. 당신들 누구도 죽은 당나귀를 보지 못했을 것이다"라고 대답하곤 했다. 질문한 동물은 그런 수수께끼 같은 대답으로 만족해야만 했다.

일요일에는 일이 없었다. 아침 식사는 평소보다 한 시간 늦었고 식사 후에는 매주 어김없이 의식(儀式)이 거행되었다. 먼저 깃발 게양식이 있었다. 스노우볼은 용구실(用具室)에서 존스 부인이 쓰던 낡은 초록색 식탁보를 찾아내어 그 위에 하얀 페인트로 발굽과 뿔을 그려 넣었다. 이 깃발이 매주 일요일 아침마다 농장 정원 게양대에 게양되었다. 스노우볼은 바탕의 초록색은 영국의 들판을 나타내며 발굽과 뿔은 인류가 궁극적으로 타도되었을 때 수립될 미래의 '동물 공화국'을 의미한다고 설명했다. 깃발 게양식이 끝나면 동물들은 모두 '집회'라는 이름의 총회를 열기 위해 넓은 헛간으로 행진해 들어간다. 이곳에서 다음 주 작업 계획이 정해지고 결의안이 제시되고 토론에 부쳐진다. 결의안을 제시하는 것은 언제나 돼지들이었다. 다른 동물들은 투표 방법은 이해했지만 자기들 나름의 의견 제시는 꿈도 꾸지 않았다. 토론에서 가장 적극적인 모습을 보이는 것은 언제나 스노우볼과 나폴레옹이었다. 하지만 이 둘이 의견의 일치를 본 적이 한 번도 없음을 곧 알게 되었다. 한쪽에서 의견을 제시하면 그 의견이 어떤 것이건 다른 편에서 반드시 이의를 제기했다. 심지어 과수원 뒤 작은 목장을 은퇴한 동물들을 위한 휴게 장소로 만들자는 결의안이 통과되었을 때도―그 자체는 아무도 반대할 수 없는 사안이었다—각 계층의 동물들의 정년을 얼마로 할 것이냐 하는 문제를 놓고 격렬한 토론이 벌어졌다. '집회'는 언제나 〈영국의 동물들〉 제창으로 끝났고 오후에는 휴식이 주어졌다.

돼지들은 용구(用具)실을 그들의 본부로 삼았다. 그들은 저녁이면 그곳에서, 존스 가족이 살던 농가에서 가져온 책을 통해 대장장이 일, 목공일 등과 함께 다른 필수적인 일들에 대해 연구했다. 또한 스노우볼은 다른 동물들을 그가 '동물 위원회'라고 명명한 여러 조직에 참여시키기 위해 여념이 없었다. 그는 지칠 줄 모르고 그 일에 몰두했다. 그는 '읽기와 쓰기 학습 교실' 외에도 암탉들을 위한 '달걀 생산 위원회', 암소들을 위한 '청결 꼬리 연맹' 쥐와 토끼들을 길들이기 위한 '야생 동물 재교육 위원회', 양들을 위한 '백모(白毛) 운동' 등등 여러 가지 조직을 결성했다. 그의 이런 계획은 전반적으로 실패했다. 예컨대 야생 동물들을 길들이겠다는 시도는 애초부터 좌절되었다. 그들의 행동은 여전히 전과 다름없었으며 조금 너그럽게 대해주면 오로지 그것을 이용하려고만 들었다. 고양이도 재교육 위원회에 참여해서 얼마 동안은 매우 적극적이었다. 어느 날 그녀가 지붕에 앉아 손이 닿지 않는 곳에 앉아 있는 참새들에게 말을 걸고 있는 모습이 눈에 띄었다. 고양이는 참새들에게 이제 모든 동물이 동무가 되었으며 그 어떤 참새도 원하기만 하면 자기 발에 와서 앉을 수 있다고 말했다. 하지만 참새들은 여전히 거리를 유지했다.

그래도 읽기와 쓰기 반(班)은 대성공이었다. 가을이 되자 농장 대부분의 동물이 어느 정도 글자를 익혔다.

돼지들은 거의 완벽하게 읽고 쓸 줄 알았다. 개들도 썩 잘 읽을 수 있게 되었지만 7계명 외에 다른 것을 읽는 데는 아무런 관심도 두지 않았다. 염소 뮤리엘은 개들보다 좀 더 잘 읽을 수 있었다. 저녁에 때때로 그녀는 쓰레기 더미에서 주워 온 신문 스크랩을 다른 동물들에게 읽어주기도 했다. 벤저민은 돼지들만큼 잘 읽을 수 있었지만 결코 자신의 능력을 발휘하지 않았다. 자기가 보기에는 읽을 만한 가치가 있는 게 없다고 그는 말하곤 했다. 클로버는 알파벳을 모두 배웠다. 하지만 알파벳들을 묶어서 단어를 만드는 데까지는 이르지 못했다. 복서는 D자 이상으로 넘어가지 못했다. 그는 그 커다란 발굽으로 흙에다 A, B, C, D를 쓴 다음 귀를 쫑긋한 채 글자들을 골똘히 바라보았다. 그는 앞머리를 흔들며 다음 글자를 기억해 내려 애썼지만 결코 성공하지 못했다. 정말로 그는 여러 차례에 걸쳐 E, F, G, H

를 배웠지만 그 글자들을 익히는 순간 A, B, C, 그리고 D를 잊은 것이 밝혀졌을 뿐이었다. 결국 그는 앞 네 글자만 익히는 데 만족하기로 작정하고는, 기억을 새롭게 하려고 하루에 한두 차례씩 그 글자를 써보곤 했다. 몰리는 자기 이름에 쓰이는 철자 외에는 아무것도 배우려 하지 않았다. 그녀는 작은 나뭇가지로 깔끔하게 자기 이름을 써놓은 다음 꽃 한두 송이로 그 이름을 장식하고는 그 주변을 빙빙 돌며 감탄하곤 했다.

농장의 다른 동물들은 A자 이상을 넘어서지 못했다. 그리고 양이나 암탉, 오리 같은 멍청한 동물들은 7계명조차 외우지 못한다는 것도 밝혀졌다. 심사숙고 끝에 스노우볼은 7계명을 '네 다리는 좋고 두 다리는 나쁘다'라는 한 마디 격언으로 훌륭하게 줄일 수 있다고 선언했다. 그는 그 간단한 말에 동물주의의 근본 원칙이 들어있다고 말했다. 그 원칙을 완전히 숙지하면 누구든 인간의 영향으로부터 벗어나 안전할 수 있다는 것이었다. 새들이 처음에는 자기들에게도 다리가 둘이라며 이의를 제기했다. 하지만 스노우볼은 그게 그렇지 않다는 것을 그들에게 증명해 주었다.

"동무들, 새의 날개는," 그가 말했다. "추진 기관이지 조작기관이 아니오. 따라서 날개는 다리로 간주해야 하오. 인간의 가

제3장

43

장 큰 특징은 바로 손이요. 바로 그 손으로 온갖 해악을 저지르는 거요."

　새들은 스노우볼의 긴 설명을 이해할 수 없었다. 하지만 그의 설명을 받아들였고 우둔한 동물들은 모두 이 새로운 격언을 열심히 기억하려 애썼다. '네 다리는 좋고 두 다리는 나쁘다'는 격언이 헛간 벽 끝, 7계명이 적힌 곳 바로 위에 그보다 큰 글씨로 새겨졌다. 일단 이 격언을 외우게 되자 양들은 이 격언이 더없이 좋아졌다. 양들은 들판에 누워 모두 함께 '네 다리는 좋고 두 다리는 나쁘다! 네 다리는 좋고 두 다리는 나쁘다!'라고 몇 시간이나 지칠 줄 모르고 반복해서 음매, 음매 읊어 댔다.

　나폴레옹은 스노우볼의 위원회에는 관심이 없었다. 그는 어린것들의 교육이 무엇보다 중요하다며 이미 다 자란 어른에게 해줄 수 있는 것에는 한계가 있다고 말했다. 건초를 거둬들인 직후에 제시와 블루벨 사이에 튼튼한 강아지 아홉 마리가 태어났다. 강아지들이 젖을 떼자 나폴레옹은 그들을 어미에게서 떼어 내면서 그것들의 교육은 자신이 책임지겠다고 말했다. 그는 사다리를 통해서야 올라갈 수 있는 용구실 다락방에 그들을 숨겨 놓았기에 농장의 동물들은 곧바로 그들의 존재를 잊어버렸다.

　우유가 어디로 사라졌는가 하는 비밀은 곧 밝혀졌다. 우유는 매일 돼지들의 먹이에 첨가되었다. 이제 풋사과가 익기 시작했고 과수원 풀밭에는 바람에 떨어진 과일들이 흩어져 있었다. 동물들은 이 과일이 공평하게 분배되리라고 믿어 의심치 않았다. 그러던 어느 날 땅에 떨어진 과일들을 주워서 돼지들 용으로 용구실로 가져오라는 명령이 떨어졌다. 그러자 몇몇 동물들이 수군거렸다. 하지만 소용없었다. 그 사항에 관해서 스노우볼과 나폴레옹을 포함해 모든 돼지가 동의한 것이다. 스퀼러가 다른 농물들에게 파견되어 필요한 설명을 해주었다.

"동무들!" 그가 말했다. "여러분은 우리 돼지들이 이기심과 특권의식으로 이런다고는 생각하지 않겠지요? 우리들 대다수는 사실 우유와 사과를 싫어합니다. 나도 물론 싫어합니다. 우리가 이것들을 취하는 오로지 한 가지 목적은 우리의 건강을 지키자는 것입니다. 우유와 사과는—동무들, 이 사실은 과학적으로 증명된 것입니다—돼지들의 건강에 필수적인 요소들을 품고 있습니다. 우리 돼지들은 두뇌 노동자들입니다. 이 농장의 전체 경영과 조직은 우리에게 달려 있습니다. 우리는 밤낮으로 여러분의 복지를 지켜보고 돌봐주고 있습니다. 우리가 우유를 마시고 사과를 먹는 건 바로 여러분을 위해서인 것입니다. 우리 돼지들이 우리의 임무를 소홀히 하면 무슨 일이 벌어질지 알고 있습니까? 존스가 돌아올 것입니다! 그렇습니다, 존스가 돌아올 것입니다! 틀림없습니다, 동무들!" 스퀄러는 이리저리 뛰어다니면서, 그리고 꼬리를 흔들면서 호소하듯 외쳤다. "여러분들 중에 존스가 돌아오는 모습을 보고 싶은 자는 아무도 없겠지요?"

이제, 동물들이 완전히 확신하게 된 사실이 하나 있다면 그것은 결코 존스가 돌아오는 것을 원치 않는다는 사실이었다. 그 사실이 명약관화해지자 그들에게는 더 이상 할 말이 없었다. 돼지들의 건강을 지키는 게 중요하다는 사실 또한 명확해졌다. 따라서 우유와 땅에 떨어진 사과—물론 익어서 수확하게 된 사과도 포함해서—는 오로지 돼지들만을 위해 비축해 놓아야 한다는 사실은 더 이상 논의 없이 가결되었다.

제4장

늦여름이 되자 동물 농장에서 벌어진 일에 대한 소식이 그 주(州)의 절반쯤까지 퍼져나갔다. 스노우볼과 나폴레옹은 매일 비둘기들을 날려 보내 이웃 농장의 동물들에게 봉기 소식을 알리고 〈영국의 동물들〉 노래를 가르치게 했다.

존스 씨는 대부분 시간을 윌링던의 레드 라이언 바에 앉아 빈둥거리며 보내고 있었다. 그는 자기 이야기에 귀를 기울이는 사람이면 누구에게건 별것도 아닌 한 무더기 동물들에 의해 자기 소유지에서 쫓겨나는 엄청나게 부당한 일을 겪었다고 불평을 늘어놓았다. 다른 농장주들은 기본적으로는 그를 동정했다. 하지만 처음에는 별로 그를 도우려 하지 않았다. 그들은 내심 존스가 당한 불행을 자신에게 유리하게 이용할 수는 없을까 궁리했을 뿐이었다. 동물 농장과 이웃해 있는 두 농장 주인이 늘 사이가 나빴던 것도 다행이라면 다행이었다. 그중 한 농장의 이름은 폭스우드였다. 넓긴 했지만 관리가 소홀한 낡은 농장으로서 농장 안까지 숲이 우거지고 목장은 황폐해졌으며 울타리도 형편없는 지경이었다. 농장주 필킹턴은 게으른 신사―농부로서 대부분 시간을 계절에 맞춰 낚시나 사냥을 하며 보냈다. 핀치필드라 불리는 다른 농장은 크기는 작았지만 관리가 잘 되고 있었다. 농장주 프레더릭은 거칠고 날카로운 사람으로서 끊임없이 송사(訟事)에 휘말렸으며 흥정을 하기 어렵기로 정평이 있었다. 둘은 서로 너무 적대적이었기에 자기들의 공통 이익을 보호하는 데 있어서조차 합의를 보기가 힘들었다.

그럼에도 불구하고 그들은 동물 농장의 봉기에 깜짝 놀랐으며 자기들 농장의 동물들이 그에 대해 너무 많이 배울까 봐 노심초사했다. 처음에 그들은 동물들이 스스로 농장을 관리한다는 생각을 비웃으며 냉소를 날리는 척했다. 2주 정도 지나면 다 끝날 거야, 라고 그들은 말했다. 그들은 매너 농장―그들은 고집스레 그 농장을 매너 농장이라고 불렀다. 동물 농장이라는 이름을 참아낼 수 없었기 때문이었다―의 동물들이 서로 끊임없이 싸울 것이며 얼마 가지 않아 굶어 죽을 지경에 이를 것이라고 내다보았다. 그런데 시간이 흐르고 동물들이 굶어 죽지 않는다는 사실이 분명해지자 프레더릭과 필킹턴은 말투를 바꾸었다. 그들은 동물 농장에서 온갖 무시무시하고 사악한 일들이 자행되고 있다고 떠들기 시작했다. 그곳 동물들은 서로의 고기를 뜯어 먹으며 벌겋게 달군 말편자로 서로를 고문하고 암놈을 공동 소유한다는 것이었다. 프레더릭과 필킹턴은 자연의 법칙에 대한 반란이 가져온 필연적인 결과라고 말했다.

하지만 그들의 이야기를 곧이곧대로 믿는 이들은 별로 없었다. 인간들이 축출되고 동물들이 직접 자기들 일을 관리한다는 멋진 농장에 대한 소문이 애매하고 왜곡된 형태로 계속 퍼져 나갔고 그해 내내 반역의 물결이 그 지방 곳곳에서 일었다. 언제나 말을 잘 들던 황소가 갑자기 사나워졌고 양은 울타리를 무너뜨리고 토끼풀을 뜯어 삼켰으며 암소들은 물통을 차버렸고 사냥 말은 담을 뛰어넘는 것을 거부하고 등에 타고 있던 사람을 한쪽으로 팽개쳐 버렸다. 무엇보다 〈영국의 동물들〉 노래 곡조와 가사가 사방에 알려졌다. 그 노래는 놀라운 속도로 퍼져나갔다. 그 노래를 들은 인간들은 그 노래가 유치하기 짝이 없다고 비웃는 척했지만 화가 치미는 것을 어쩔 수 없었다. 그들은 아무리 동물이라 할지라도 어떻게 그렇게 천박하고 쓰레기 같은 노래를 부를 수 있다는 것인지 이해할 수 없다고 말했다. 그 노래를 부르다 들킨 동물은 즉석에서 회초리 세례를 받았다. 그렇지만 노래가 퍼져나가는 것을 막을 수는 없었다. 지빠귀는 그 노래를 울타리에서 속삭였고 비둘기는 느릅나무에서 구구거렸으며 대장간의 소음과 교회 종소리 속으로 스며들었다. 그리고 인간들이 그 노랫소리를 듣게 되었을 때 그들은 남몰래 부르르 몸을 떨었다. 그 노래에서 마치 그들 앞날의 어두운 운명에 대한 예언을 듣는 것 같아서였다.

10월 초순, 추수가 끝나 곡물을 낟가리로 쌓아놓고 일부는 이미 탈곡이 끝났을 때 비둘기들이 공중을 선회하더니 몹시 흥분한 기색으로 동물 농장 마당에 내려앉았다. 존스와 일꾼들이 폭스우드와 핀치필드에서 온 대여섯 명의 인간들과 함께 농장으로 이르는 마찻길을 올라오고 있다는 것이었다. 선두에 선 존스는 손에 총을 들고 있고 나머지는 저마다 몽둥이를 들고 있다는 것이었다. 농장 탈환을 시도하려는 것이 분명했다.

이것은 오래전부터 예상했던 일이었고 그에 대한 대비도 이미 갖춰져 있었다. 스노우볼은 농가에서 줄리어스 시저의 전투 기록에 관한 낡은 책을 발견하고 연구했으며 당연히 그가 방어 작전의 지휘자가 되었다. 그는 재빨리 명령을 내렸고 동물들은 즉각 자신의 위치로 갔다.

인간들이 농장 건물로 접근하자 스노우볼은 첫 번째 공격을 감행했다. 35마리에 이르는 비둘기들이 일제히 인간들 머리 위를 이리저리 날아다니며 공중에서 똥을 갈겼다. 인간들이 똥을 피하려고 우왕좌왕하는 사이 담장 뒤에 숨어있던 거위들이 뛰쳐나와 그들의 허벅다리를 마구 쪼아 댔다. 하지만 이것은 가벼운 전초전으로서 인간들에게 약간의 혼란만 주려는 것이 그 목적이었다. 인간들은 몽둥이를 휘둘러 거위들을 쉽게 물리쳤다. 스노우볼은 이제 두 번째 공격을 감행했다. 뮤리엘과 벤저민, 그리고 모든 양이 스노우볼을 앞세우고 돌진했다. 동물들은 사방에서 인간들에게 덤벼들어 찌르고 받으며 공격했다. 벤저민은 빙 돌아 작은 발굽으로 그들을 공격했다. 그러나 몽둥이를 들고 징박은 구두를 신은 인간들은 여전히 그들에게는 강적이었다. 스노우볼이 갑자기 꽥꽥거리며 후퇴 신호를 내자 모든 동물이 몸을 돌려 문을 통해 마당으로 도망쳤다.

인간들이 승리의 함성을 내질렀다. 그들이 예상했던 대로 적들이 도망가는 모습을 보이자 그들은 적들을 쫓아 무질서하게 달려들었다. 바로 스노우볼이 기대하던 대로였다. 그들이 마당으로 들어서자마자 외양간에 복병으로 숨어있던 세 마리의 말,

세 마리의 암소를 비롯해 나머지 돼지들이 갑자기 뒤에서 나타나 그들을 차단했다. 그러자 도망치던 스노우볼이 공격 신호를 보내면서 자신은 곧바로 존스를 향해 달려들었다. 존스는 스노우볼이 달려드는 모습을 보자 총을 들어 발사했다. 스노우볼의 등을 스치고 지나가 피를 보게 한 총알은 양 한 마리를 맞춰 죽였다. 스노우볼은 잠시도 멈추지 않고 100킬로그램의 거구를 존스의 다리를 향해 내던졌다. 존스는 거름 더미 속으로 쓰러지면서 손에서 총을 놓쳐버렸다. 하지만 그 무엇보다 무시무시한 구경거리는 복서의 모습이었다. 복서는 뒷발로 우뚝 서서 마치 종마(種馬)처럼 쇠 징이 박힌 커다란 발굽을 마구 휘둘렀다. 그의 첫 일격이 폭스우드에서 온 마구간지기 소년의 머리를 가격하자 마구간지기 소년은 진흙 바닥에 쭉 뻗어버렸다. 그 광경을 보자 몇몇 인간이 몽둥이를 내동댕이치고 도망가려 했다. 그들은 공포에 질려 있었다. 다음 순간 모든 동물이 함께 마당을 돌며 일제히 그들의 뒤를 추격했다. 그들은 들이받고, 차고, 물고 짓밟았다. 농장의 동물치고 각자 자기식으로 복수를 하지 않은 자는 하나도 없었다. 고양이마저도 지붕으로부터 소몰이꾼 어깨로 갑자기 뛰어내려 발톱으로 그의 목을 할퀴었고 소몰이꾼은 비명을 내질렀다. 도주로가 열리자 인간들은 얼씨구나 하고 마당 밖으로 뛰쳐나가 한길로 도망쳤다. 그리하여 공격을 개시한 지 채 5분도 되지 않아 그들은 자기들이 온 길로 치욕적인 후퇴를 할 수밖에 없었다. 도망가는 그들을 거위들이 뒤쫓으며 사방에서 종아리를 쪼아댔다.

한 명만 제외하고는 인간들이 모두 물러갔다. 마당으로 돌아와 보니 복서가 진흙탕에 얼굴을 처박고 엎어져 있는 마구간지기를 발굽으로 헤집으며 그의 몸을 돌리려고 애쓰고 있었다. 소년은 꼼짝도 하지 않았다.

"죽었어." 복서가 슬픈 목소리로 말했다. "그럴 생각은 없었어. 발에 쇠 징을 박은 걸 깜빡했어. 내가 일부러 이런 것이 아니라는 걸 누가 믿어줄까?"

"동무, 감상은 금물이오." 스노우볼이 여전히 상처에서 피를 흘리며 외쳤다. "전쟁은 전쟁이오. 오직 죽은 인간만이 선량할 뿐이오."

"난 목숨을 빼앗고 싶지 않소. 비록 인간의 목숨이라도 말이오." 그 말을 하면서 복서의 눈에는 눈물이 그렁했다.

"몰리는 어디 있지?" 누군가 외쳤다.

정말로 몰리가 없었다. 잠시 크게들 놀랐다. 인간들이 그녀에게 위해를 가했거나 아니면 끌고 갔는지도 알 수 없는 노릇이었다. 하지만 결국 그녀를 찾아낼 수 있었다. 그녀는 마구간에서 여물통에 머리를 처박고 숨어있었다. 총소리가 들리자마자 재빨리 도망쳤던 것이다. 동물들이 그녀를 찾아서 돌아오자 마구간지기의 모습이 보이지 않았다. 실상은 기절했을 뿐인 소년이 정신을 차리자 재빨리 도망친 것이었다.

동물들은 한껏 흥분한 상태에서 다시 모였다. 각자 전투에서 자신이 세운 공을 목청껏 떠들어댔다. 즉흥적인 승전 축하 의식이 즉시 거행되었다. 동물들은 깃발을 높이 게양하고 〈영국의 동물들〉을 수차례 제창했다. 이어서 전사한 양을 위한 장엄한 장례 의식이 거행되었으며 그녀의 무덤 위에 산사나무를 심어주었다. 무덤 옆에서 스노우볼은 짧은 연설을 통해 필요하다면 모두 동물 농장을 위해 목숨을 바칠 각오를 해야 한다고 말했다.

동물들은 만장일치로 '일급 동물 영웅' 훈장을 제정하기로 결정하고 바로 그 자리에서 스노우볼과 복서에게 수여했다. 놋쇠로 된 메달로서—그것은 진짜로 놋쇠였다. 그들은 용구실에서 놋쇠로 된 마구(馬具)들을 발견했다—그 훈장을 수여한 사람은 일요일과 휴일에 착용토록 했다. 그들은 '이급 동물 영웅' 훈장도 제정하고 전사한 양에게 추서(追敍)했다.

이 전투를 어떤 식으로 불러야 할 것인가에 대해서는 논의가 분분했다. 결국 이 전투는 '소 외양간 전투'로 명명되었다. 매복했던 짐승들이 뛰쳐나온 곳을 기리기 위한 이름이었다. 존스 씨의 총은 진흙 속에서 찾아냈고 농가 탄약통에 총알이 있는 것이 확인되었다. 그 총을 깃대 밑에 마치 대포처럼 걸어놓고 1년에 두 번—소 외양간 전투 기념일인 10월 12일에 한 번, 봉기가 성공한 성 요한 축일에 한 번—축포를 쏘기로 결정했다.

제5장

겨울이 다가오자 몰리는 점점 더 골칫거리가 되었다. 그녀는 매일 아침 일터에 지각하고는 늦잠을 잤다고 둘러댔으며 왕성한 식욕을 자랑하면서도 무슨 이상한 병에 걸린 것 같다고 툴툴댔다. 그녀는 온갖 구실을 다 붙여 일터에서 빠져나갔다. 그리고는 우물가로 가서 물에 비친 자신의 모습을 멍하니 바라보곤 했다. 그런데 그보다 더 심각한 소문들이 떠돌았다.

어느 날 몰리가 건초 줄기를 씹으면서 경쾌한 걸음걸이로 긴 꼬리를 흔들며 마당으로 들어서자 클로버가 그녀를 한쪽으로 데리고 갔다.

"몰리," 그녀가 말했다. "네게 진지하게 해줄 말이 있어. 오늘 아침 네가 '동물 농장'과 '폭스우드 농장'을 가르고 있는 울타리

너머를 넘겨보는 것을 봤어. 필킹턴 씨네 일꾼 한 명이 그 너머에 있더라. 그리고—좀 멀긴 했지만 분명히 봤어—그가 네게 말을 걸었고 네 코를 쓰다듬는데도 너는 가만히 있더라. 그게 무슨 짓이지, 몰리?"

"그런 일 없었어요! 난 거기 있지도 않았어요! 거짓말 말아요!" 몰리가 앞발로 땅을 차면서 당당하게 외쳤다.

"몰리! 내 얼굴을 봐. 그 사람이 네 코를 쓰다듬지 않았다고 맹세할 수 있어?"

"그런 일 없었어요!" 몰리는 거듭 외쳤지만 클로버의 얼굴을 제대로 쳐다보지 못했다. 다음 순간 그녀는 그 자리에서 줄행랑을 치더니 들판 멀리 달려가 버렸다.

그때 한 가지 생각이 번개처럼 클로버를 스쳤다. 그녀는 다른 동물들에게 아무 말도 하지 않고 몰리의 마구간으로 가서 발굽으로 짚 더미를 헤쳤다. 짚 더미 아래 작은 설탕 덩어리 무더기와 다양한 색깔의 리본 여러 뭉치가 숨겨져 있었다.

사흘 뒤 몰리는 사라졌다. 몇 주 동안 그녀가 어디 있는지 아무런 소식도 들을 수 없었다. 그러던 어느 날 그녀를 윌링던 어디선가 보았다고 비둘기들이 보고했다. 그녀는 술집 밖에 세워 둔 붉은색과 검은색 페인트칠을 한 멋진 이륜마차의 양쪽 채 가운데 서 있었다. 바둑무늬 바지를 입고 각반을 찬 붉은 얼굴의 뚱뚱한 사내가—술집 주인인 것 같았다—그녀의 코를 쓰다듬으며 설탕을 먹이고 있었다. 그녀는 털을 새로 깎았고 진홍빛 리본을 갈기에 매달고 있었다. 그녀가 즐거워 보이더라고 비둘기들은 말했다. 이후 그 어떤 동물도 다시는 몰리의 이름을 입에 올리지 않았다.

1월이 되자 날씨가 혹독해졌다. 땅은 쇳덩이처럼 얼어붙었고 들에서는 아무 일도 할 수 없었다. 큰 헛간에서 여러 번 '집회'가 열렸으며 돼지들은 봄이 오면 해야 할 일을 계획하느라 여념이 없었다. 다른 동물들보다 똑똑한 게 분명한 돼지들이—비록 추후 다수결로 비준을 받아야 했지만—농장 정책의 모든 문제를 결정해야 한다는 것이 불문율이 되었다. 만일 스노우볼과 나폴레옹 사이의 다툼만 없었다면 그런 식의 합의는 아주 잘 굴러갔을 것이다. 둘은 조금이라도 이의를 제기할 여지가 있는 문제에서는 사사건건 충돌했다. 둘 중 누군가가 보리를 더 많이 심자고 제안하면 다른 하나는 귀리를 더 많이 심자고 요구했고 한 명이 어떤 땅이 양배추 심기에 적합하다고 주장하면 다른 한 명은 그 땅에는 근채류 외에는 그 어느 것도 적합하지 않다고 잘라 말했다. 각자 자신의 추종자들이 있었고 격렬한 토론이 벌어졌다. 집회에서 스노우볼은 유창한 연설 솜씨로 다수의 지지를 얻었다. 하지만 나폴레옹은 틈틈이 자기 쪽 지지자를 끌어모으는 데 능란했다. 나폴레옹은 특히 양들의 지지를 확보하는 데 성공했다. 근래에 양들은 계절과 상관없이 툭 하면 "네 다리는 좋고, 두 다리는 나쁘다"라고 음매, 음매 울어 댔으며 그런 식으로 자주 '집회'를 방해하기도 했다. 특히 스노우볼의 연설이 절정에 다다른 순간이면 "네 다리는 좋고 두 다리는 나쁘다"라며 끼어드는 성향이 있었다.

스노우볼은 농가에서 찾아낸 「농장과 목축」이라는 낡은 잡지를 면밀히 연구해서 개혁과 개량 방안을 수없이 마련해 놓았다. 그는 배수로에 대하여, 곡물 저장법에 대하여, 석회 비료에 대하여 아주 유식하게 설명했으며, 운반에 드는 노동력을 절약하기 위해 동물들이 들판의 각기 다른 지점에 매일 직접 똥을 누게끔 하는 복잡한 계획을 수립하기도 했다. 나폴레옹은 아무런 계획도 내놓지 않은 채 스노우볼의 계획이 아무 쓸모도 없을 것이라고 조용히 중얼거릴 뿐이었다. 그는 자신의 때가 오기를 기다리는 것 같았다. 그런데 그들 간의 논쟁 가운데 가장 격렬했던 것이 바로 풍차를 둘러싸고 벌어진 논쟁이었다.

농장 건물들로부터 별로 멀리 떨어지지 않은 곳의 긴 목장 안에 작은 언덕이 있었다. 농장에서 가장 높은 곳이었다. 스노우볼은 그 지역을 둘러본 후에 그곳이 풍차를 세우기에 딱 알맞은 곳이라고 선언했다. 풍차로 발전기를 돌려 농장에 전력을 공급할 수 있다는 것이었다. 그는 그 전기로 마구간을 밝히고 겨울에 난방을 할 수 있다고 말했다. 또한 둥근 톱, 절단기, 여물 써는 기계, 전기 착유기를 작동시키는 데 쓰일 수 있다고 말했다. 동물들은 그런 기계들에 대해서는 전혀 들어본 적이 없었기에―이 농장은 구식이었고 가장 기초적인 도구들만 있었다―스노우볼이 그려 보이는 그 환상적인 기계들에 대해 놀라서 넋을 놓고 그의 말에 귀를 기울였다. 그 기계들이 자기들 대신 일을 해주는 동안 자신들은 편히 들판에서 풀을 뜯어 먹거나 책을 보고 대화를 하며 교양을 쌓을 수 있다니!

몇 주일 후, 스노우볼의 풍차 설립계획이 완벽하게 수립되었다. 세부적인 기술은 대부분 존스 씨 소유였던 『가정생활 백과』, 『누구나 할 수 있는 벽돌 쌓기』, 『전기학 입문』세 권 책의 도움을 받았다. 스노우볼은 부화실로 사용되었던 움막 한 군데를 연구소로 사용했다. 바닥이 매끄러워서 그 위에 제도(製圖)하기에 안성맞춤이었다. 그는 한 번에 몇 시간씩 그곳에 처박혀 있곤 했다. 펼친 책을 돌로 눌러놓은 채 발가락 마디 사이에 분

필 조각을 끼우고 이리저리 급히 오가면서 줄을 연달아 그었고 작업 도중 흥분해서 작은 소리로 혼잣말을 중얼거리기도 했다. 설계도는 점점 더 크랭크와 톱니바퀴들로 이루어진 복잡한 기계 뭉치 같은 것이 되어 마룻바닥 절반 이상을 덮었다. 다른 동물은 도무지 이해할 수는 없었으면서도 깊은 감명을 받았다. 동물들은 최소 하루 한 번씩 설계도를 구경했다. 암탉과 오리도 와서 분필 자국을 지우지 않으려고 조심하면서 구경했다. 오로지 나폴레옹만이 아무런 관심도 보이지 않았다. 그는 애초부터 풍차 계획에 반대한다고 선언했다. 그런데 어느 날 예고 없이 찾아와 설계도를 살펴보았다. 그는 무거운 걸음걸이로 움막을 빙 돌면서 설계도의 세부 사항들을 면밀히 바라보았다. 그는 두어 번 킁킁 냄새를 맡더니 곁눈으로 설계도를 바라보며 잠시 서 있었다. 그러더니 갑자기 다리를 들고 설계도 위에 오줌을 싸 갈기고는 한마디 말도 없이 밖으로 나가버렸다.

이제 농장 전체는 풍차 문제를 놓고 심각하게 분열되었다. 스노우볼은 풍차를 세우는 것이 어려운 일임을 부인하지 않았다. 돌을 쪼아서 벽을 세워야 했고 풍차 날개를 만들어야 했으며 그런 다음에도 발전기와 전선이 필요할 것이었다—그것들을 어떻게 얻을지에 대해 스노우볼은 한마디도 하지 않았다—

하지만 그는 일 년이면 그 모든 일이 이루어질 수 있다고 주장했다. 그런 후에는 노동력이 절약되어 동물들은 일주일에 사흘만 일해도 될 것이라고 선언했다. 한편 나폴레옹은 지금 당면 과제는 식량 생산을 늘리는 것이며, 만일 풍차를 만드는 데 시간을 낭비하다가는 모두 굶어 죽을 것이라는 논리를 펼쳤다. 동물들은 각기 '스노우볼에게 투표하여 일주일에 사흘 노동을!'이라는 구호와 '나폴레옹에게 투표하여 수북한 밥그릇을!'이라는 구호하에 두 패로 나뉘었다. 벤저민은 그 어느 파에도 속하지 않은 유일한 동물이었다. 그는 식량이 풍부해지리라는 말도, 풍차가 노동을 줄여주리라는 말도 믿기를 거부했다. 그는 풍차가 있건 없건 삶은 항상 그래 왔던 것과 같을 것이라고, 다시 말해 나쁘게 흘러갈 것이라고 말했다.

풍차를 둘러싸고 벌어진 논쟁과는 별도로 농장 방위라는 또 다른 문제가 있었다. 비록 인간들이 '소 외양간 전투'에서 패배했지만 그들이 농장을 탈환하고 존스 씨를 복권하기 위해 재차 공격을 가해오리라는 것, 그것도 훨씬 단호한 공격을 감행하리라는 것은 충분히 예상할 수 있는 일이었다. 게다가 그들이 패배했다는 소식이 이 지방 전체에 퍼졌고 그 때문에 이웃 농장의 동물들이 전보다 훨씬 다루기 힘들어졌으니 인간들이 재차 공격해 올 개연성은 아주 컸다.

늘 그렇듯 그 문제에 대해서도 스노우볼과 나폴레옹은 의견의 일치를 보지 못했다. 나폴레옹의 주장에 의하면 동물들이 당장 해야 할 일은 화기를 구입해서 사용법을 익히는 일이었다. 한편 스노우볼은 비둘기들을 더 많이 밖으로 보내어 다른 농장의 동물들이 봉기하도록 선동해야 한다고 주장했다. 한쪽은 스스로 방어할 힘이 없으면 정복될 것이라고 주장했고 다른 쪽은 사방에서 봉기가 일어나면 스스로를 방어할 필요가 없어질 것이라고 주장했다. 동물들은 처음에는 나폴레옹의 말에 귀가 솔깃했다가 이어서 스노우볼의 말에도 귀를 기울였지만, 어느 쪽 말이 옳은지 결단을 내릴 수가 없었다. 사실상 그들은 언제나 지금 현재 자신이 듣고 있는 이야기에 동의했다.

마침내 스노우볼의 계획이 완성되는 날이 왔다. 다음 일요일에 열리는 '집회'에서 풍차 계획을 실행에 옮기느냐 마느냐에 대한 문제를 투표로 결정할 예정이었다. 동물들이 큰 헛간에 모이자 스노우볼이 자리에서 일어나더니 양들이 가끔 음매, 음매 울며 방해했음에도 불구하고 풍차 건설을 지지해야 하는 이유를 설명했다. 이어서 나폴레옹이 일어나서 반박했다. 그는 아주 차분하게 풍차란 터무니없는 것이니 그 누구도 그쪽에 찬성

표를 던지지 않기를 바란다고 말한 후 곧바로 자리에 앉았다. 그는 불과 30초 정도 연설했을 뿐이었으며 그 연설이 빚은 효과에 대해서도 아무런 관심이 없는 것 같았다. 그러자 스노우볼이 벌떡 일어나 또다시 음매, 음매 울어대는 양들을 고함으로 제압한 뒤에 풍차 건설을 지지해줄 것을 열렬히 호소했다. 이때까지 동물들의 지지는 거의 반반으로 갈려 있었지만 스노우볼의 웅변이 단숨에 그들 모두를 사로잡았다. 그는 힘겨운 노동이라는 짐이 동물들의 등에서 사라졌을 때 동물 농장이 어떤 모습이 될 것인가에 대해 번쩍이는 언사로 묘사해 나갔다. 그의 상상력은 이제 절단기와 여물 써는 기계를 훨씬 뛰어넘어 있었다. 그는 타작기, 쟁기, 써레, 땅 고르는 기구, 바인더를 전기로 가동할 수 있을 뿐 아니라 동물들 각자의 우리마다 전기, 냉온수, 전기 난방기를 공급할 수 있다고 말했다. 그가 연설을 마쳤을 때는 투표가 어느 방향으로 흐를 것인지 너무도 분명했다. 그런데 바로 그 순간 나폴레옹이 벌떡 일어나더니 스노우볼을 향해 특유의 곁눈질을 하면서 이전에는 한 번도 들어본 적이 없는 높은 음성으로 꽥꽥거렸다.

  그러자 밖에서 무시무시하게 개 짖는 소리가 들리더니 놋쇠 장식 못이 박힌 목걸이를 한 어마어마하게 큰 개들 아홉 마리가 헛간 안으로 뛰어 들어왔다. 그들은 곧장 스노우볼에게 달려들었다. 스노우볼은 재빨리 자리에서 튕겨 일어나 물어뜯으려는 이빨을 겨우 피할 수 있었다. 그는 순간적으로 밖으로 뛰쳐나갔고 개들이 그 뒤를 쫓았다. 너무 놀라 이루 말할 수 없을 정도로 공포에 질린 동물들은 문 앞으로 몰려가 그 추격전을 바라보았다. 스노우볼은 긴 목장을 가로질러 길 쪽을 향해 달렸다. 그는 돼지가 달릴 수 있는 최대한의 속도로 달렸지만 개들은 그의 발뒤꿈치까지 거의 다 따라삽았다. 스노우볼이 갑자기 미끄러졌고 개들이 분명 그를 잡을 것만 같았다. 하지만 스노우볼은 재빨리 몸을 일으켜 전보다 더 빨리 달렸고 개들이 다시 그를 쫓았다. 개 중 한 마리가 거의 스노우볼의 꼬리를 물 뻔했지만 스노우볼이 재빨리 꼬리를 휘둘러 겨우 위기를 모면할 수 있었다. 이어서 그는 있는 힘껏 박차를 가해 아슬아슬하게 울타리 구멍으로 빠져나갈 수 있었고 시야에서 사라졌다.

겁에 질린 동물들은 말없이 헛간 안으로 다시 들어갔다. 순식간에 개들도 돌아왔다. 처음에는 이 짐승들이 어디서 왔는지 아무도 짐작조차 할 수 없었다. 하지만 의문은 곧 풀렸다. 놈들은 나폴레옹이 어미들로부터 떼어내어 비밀스럽게 키운 강아지들이었다. 아직 다 자라지 않았음에도 불구하고 몸집이 거대했으며 늑대처럼 사나워 보였다. 개들은 나폴레옹 곁을 지키고 앉았다. 개들은 다른 개들이 존스 씨에게 꼬리를 흔들었듯이 나폴레옹에게 꼬리를 흔들었다.

나폴레옹은 개들을 거느리고 높이 쌓은 연단으로 올라갔다. 전에 메이저가 그 자리에 서서 연설을 하던 곳이었다. 그는 오늘부로 일요일 아침 '집회'는 중지한다고 선언했다. 그는 집회가 불필요할 뿐 아니라 시간 낭비라고 말했다. 이후 농장에서의 노동과 관련된 모든 문제는 자신이 주재하는 돼지들의 특별위원회에서 결정하겠다는 것이었다. 위원회는 비공개로 회합을 가질 것이며 그런 후 결정 사항을 다른 동물들에게 통보할 것이라고 그는 말했다. 동물들은 여전히 일요일 아침에 모이겠지만 일체의 토론은 없을 것이며, 깃발에 경례하고 〈영국의 동물들〉을 제창한 후 명령이 하달될 것이라고 그는 말을 맺었다.

스노우볼의 축출로 인해 받은 충격에서 벗어나지 못한 상태였지만 동물들은 나폴레옹의 선언에 당황하고 실망했다. 나름대로 제대로 된 자신의 의견을 표현할 수 있었다면 항의할 동물도 몇 마리 있었을 것이다. 심지어 복서조차도 막연하나마 심기가 불편했다. 그는 귀를 뒤로 쫑긋거리고 갈기를 여러 번 흔들며 생각을 정리해보려고 애썼다. 하지만 결국 입 밖에 낼 만한 그 어떤 생각도 떠오르지 않았다. 하지만 돼지들 몇 마리는 그보다 똑똑했다. 앞 열에 앉아 있던 네 마리의 젊은 돼지가 반대의 표시로 날카롭게 꽥꽥거리더니 넷이 동시에 자리에서 일어나 한꺼번에 발언하기 시작했다. 그러나 나폴레옹 주변에 앉아 있는 개들이 위협적으로 목구멍 깊숙한 곳에서 나오는 소리로 으르렁거리자 돼지들은 입을 다물고 다시 주저앉았다. 그리자 양들이 엄청나게 큰 소리로 "네 다리는 좋고 두 다리는 나쁘다!"라고 외치기 시작했다. 양들의 외침은 15분 동안이나 계속되었고, 토론할 기회는 아예 막혀버렸다.

나중에 스퀼러가 농장을 두루 돌아보며 동물들에게 새로운 조치에 대해 설명했다.

"동무들," 그가 말했다. "나는 동무들 모두 나폴레옹 동지가 스스로에게 과외 업무를 부과한 희생정신에 대해 감사히 여길 것이라고 믿습니다. 동무들, 지도자가 된다는 것이 즐거운 일이라고 착각하지 마시오! 반대로 그것은 깊고 무거운 책임을 의미합니다. 모든 동물은 평등하다는 믿음을 나폴레옹 동지처럼 굳건하게 지니고 있는 이는 없습니다. 나폴레옹 동지도 동무들 스스로 결정할 수 있게 된다면 더없이 기쁠 것입니다. 하지만 동무들은 때때로 잘못된 결정을 할 수도 있습니다. 그러면 우

리는 어떻게 될까요? 여러분이 풍차라는 헛된 망상을 한 스노
우볼을 따랐다고 칩시다. 여러분도 알다시피 범죄자와 다름없
는 자인데 말입니다."

"하지만 그는 외양간 전투에서 용감하게 싸웠잖아요." 누군
가 말했다.

"용기만으로는 충분하지 않습니다." 스퀼러가 말했다. "충성
과 복종이 무엇보다 중요합니다. 그리고 외양간 전투에서 스노
우볼이 맡았던 역할이 지나치게 과장되어 있음이 밝혀질 날이
오리라고 나는 믿습니다. 동무들, 규율입니다! 철통같은 규율
입니다! 그것이 오늘날 우리가 내세울 구호입니다. 한 발짝만
잘못 내디뎌도 적들이 우리 위에 군림할 것입니다. 동무들, 존
스가 되돌아오기를 원치는 않겠지요?"

반박이 있을 수 없는 논리였다. 동물들은 분명히 존스가 돌
아오기를 원치 않았다. 일요일 아침 토의가 자칫 그를 돌아올
수 있게 한다면 중단하는 것이 마땅했다. 이제까지 시간적 여
유를 갖고 사태를 곰곰이 생각한 복서는 "나폴레옹 동지가 그
렇게 말했다면 그게 옳겠지요"라고 말함으로써 동물들의 전반
적인 감정을 대변해주었다. 이후 그는 '내가 좀 더 열심히 하자'
라는 개인적 구호에 '나폴레옹은 언제나 옳다'라는 격언을 덧

붙였다.

　이때쯤 날씨가 풀렸고 봄철 밭갈이가 시작되었다. 스노우볼이 풍차 설계도를 그리던 움막은 폐쇄되었다. 모두 마룻바닥의 설계도는 지워졌으리라 생각했다. 매주 일요일 아침 10시에 동물들은 큰 헛간에 모였고 주간 명령이 하달되었다. 이제 살이 깨끗하게 떨어져 나간 메이저 영감의 두개골을 과수원에서 파내어 깃대 밑 그루터기에 총과 함께 세워 놓았다. 동물들은 기를 게양한 후 헛간으로 들어가기 전에 이 두개골에게 경의를 표해야만 했다. 이제 그들은 전처럼 모두 함께 모여 앉지 않았다. 나폴레옹은 두 마리의 돼지와 함께 높이 쌓은 단 맨 앞에 앉아 있었다. 한 마리는 스퀼러였고 다른 한 마리는 미니무스란 돼지로서 노래와 시를 짓는데 탁월한 재능이 있었다. 아홉 마리의 무서운 개들이 그들을 둘러싸고 앉아 있었으며 다른 돼지들은 그 뒤에 앉았다. 나머지 동물들은 그들과 마주하고 헛간 바닥에 앉아 있었다. 나폴레옹이 우락부락한 군인 스타일로 주간 명령 사항을 읽고 나면 동물들은 〈영국의 동물들〉을 딱 한 번 부른 후에 해산되었다.

　스노우볼이 추방되고 세 번째 맞은 일요일에 어떻게 해서든 풍차를 세우겠다는 나폴레옹의 발표를 듣고 동물들은 무척 놀

제5장

69

랐다. 나폴레옹은 마음을 바꾼 이유를 전혀 설명하지 않은 채이 일이 무척 힘든 일일 거라고 주의를 주었을 뿐이었다. 그는 식량 배급을 줄일 필요가 있을 수도 있다고 덧붙였다. 어쨌든 풍차 건설 계획은 세부 사항까지 이미 세워져 있었다. 지난 3주 동안 돼지들로 구성된 특별 위원회가 그 작업에 몰두했다. 풍차 건설은 다른 부수설비들과 함께 2년이 걸릴 것으로 예상되었다.

그날 저녁 스퀼러는 나폴레옹은 실제로 풍차에 반대한 것이 아니라고 다른 동물들에게 은밀히 설명했다. 그와는 반대로 애당초 그것을 주창한 이가 바로 나폴레옹이며 스노우볼이 부화실에 그린 설계도는 사실은 나폴레옹의 서류들 중에서 훔쳐 간 것이라고 그는 말했다. 풍차는 실상은 나폴레옹의 창작물이라는 것이었다. 그렇다면 왜 그렇게 격렬하게 반대했냐고 누군가 물었다. 그에 대한 스퀼러의 답변은 아주 교활했다. 그는 그것이 바로 나폴레옹 동지의 책략이라고 말했다. 그가 풍차에 반대하는 것처럼 보여준 것은 오로지 위험한 성격을 지닌 데다 나쁜 영향력을 발휘하고 있는 스노우볼을 제거하기 위한 작전이었다는 것이었다. 이제 스노우볼이 제거되었으니 그 설계는 아무런 방해 없이 시행될 수 있다는 것이었다. 스퀼러는 이런 것이 이른바 작전이라고 말했다. 그는 여러 번에 걸쳐 "작전입니다, 동무들, 작전!"이라고 말하면서 이리저리 뛰어다니며 꼬리를 흔들고 유쾌한 웃음을 터뜨렸다. 동물들은 그 말의 뜻을 정확하게 알 수 없었지만 스퀼러의 말솜씨가 워낙 설득력이 있는 데다 그와 함께 있는 세 마리의 개가 너무 무섭게 으르렁거리고 있었기에 더 이상 질문 없이 그의 해명을 받아들였다.

제6장

그해 내내 동물들은 노예처럼 일했다. 하지만 그들은 일하면서 행복했다. 그들이 하는 모든 일이 자기 자신과 자신의 뒤를 이을 후손들의 혜택을 위해서이지 착취만 일삼는 게으른 인간 종족을 위한 것이 아니라는 것을 알고 있었기에 그 어떤 노고와 희생도 아끼지 않았다. 봄과 여름 동안 동물들은 일주일에 60시간 일했다. 8월이 되자 나폴레옹은 일요일에도 일이 있을 것이라고 공표했다. 엄격히 따지면 자발적인 노동이었지만 그 작업에 빠지면 배급 식량이 절반으로 줄었다. 그렇게 힘들게 노동을 했지만 마치지 못한 일들이 남아 있었다. 곡물 수확은 작년보다 덜 성공적이었고 이른 여름에 뿌리를 심었어야 할 두 개의 들판은 아직 밭갈이가 제대로 되지 못했기에 뿌리를 심지 못한 채 그대로 있었다. 힘든 겨울이 오리라는 것을 충분히 예상할 수 있었다.

풍차 건설 작업은 예기치 못한 어려움에 봉착했다. 농장에는 질 좋은 석회암 채석장이 있었고 헛간 한 곳에서 많은 양의 모래와 시멘트를 발견했기에 건축자재는 다 갖춰진 셈이었다. 하지만 동물들이 해결할 수 없었던 첫 번째 문제는 어떻게 돌들을 적당한 크기로 자르느냐 하는 문제였다. 곡괭이와 지레 없이는 불가능해 보였는데, 문제는 그 연장을 그 어느 동물도 사용할 수 없다는 데 있었다. 그 어떤 동물도 뒷발로 설 수 없기 때문이었다. 몇 주 동안의 헛된 노력 끝에 누군가에게 반짝 아이디어가 떠올랐다. 말하자면 중력의 힘을 이용하자는 것이었다. 너무 무거워서 있는 그대로는 쓸 수 없는 거대한 돌들이 채석장 주변에 널려 있었다. 동물들은 이 돌들에 밧줄을 둘러 암소, 말, 양 등 밧줄을 잡을 수 있는 동물들은 다 동원하여—심지어 급한 순간에는 돼지까지 나서서—그 돌들을 필사적인 노력으로 조금씩 조금씩 채석장 꼭대기 경사진 곳까지 끌어올렸다. 그들은 돌을 가장자리까지 끌고 가서 밑으로 떨어뜨려 조각내는 데 성공했다. 일단 깨진 돌을 운반하는 일은 비교적 수월했다. 말들은 짐수레로 한꺼번에 돌을 여러 개 날랐고 양들은 하나씩 끌고 갔다. 심지어 뮤리엘과 벤저민도 자진해서 낡은 마차에 멍에를 매고 제 몫을 했다. 늦여름이 되어 충분한 양의 돌이 쌓이자 돼지들의 감독하에 공사가 시작되었다.

하지만 느리고 힘겨운 공정이었다. 기진맥진해 가면서 큰 돌 하나를 채석장 꼭대기까지 끌어올리는 데 꼬박 하루가 걸린 적도 여러 번이었으며 때로는 돌이 깨지지 않은 적도 있었다. 만일 복서가 없었다면 아무것도 이루지 못했을 것이었다. 복서의 힘은 마치 다른 동물들 힘을 모두 합친 것과 맞먹을 정도인 것 같았다. 끌어올리던 돌덩이가 다시 아래로 미끄러지기 시작하면서 동물들이 돌과 함께 굴러떨어질까 봐 무서워서 절망적인 비명을 지를 때마다 밧줄을 버티고 잡아 돌을 잡아 세우는 이는 언제나 복서였다. 옆구리가 땀으로 번들거린 채 가쁜 숨을 몰아쉬고 발굽으로 땅바닥을 벅벅 긁으며 한 치 한 치 경사진 곳을 애써 기어오르는 그의 모습을 바라보며 모두 찬탄을 금할 수 없었다. 클로버가 가끔 그에게 너무 무리하지 말라고 충고 겸 경고를 해주어도 복서는 그녀의 말에 전혀 귀를 기울이지 않았다. '내가 좀 더 열심히 하자'와 '나폴레옹은 언제나 옳다'라는 두 개의 구호로 모든 문제에 대한 충분한 답변이 될 것 같았다. 그는 수탉들에게 아침에 30분이 아니라 45분 일찍 자신을 깨워달라고 부탁했다. 그리고 여가 시간이면—하긴 요즘은 여가 시간이 별로 없었지만—혼자 채석장으로 가서 부서진 돌들을 모아 그 누구의 도움도 없이 풍차를 세울 자리로 끌고 가곤 했다.

그해 여름 비록 힘든 노동에 시달리긴 했지만 동물들은 궁핍하지는 않았다. 존스 시절보다 먹을 것이 풍부하다고 할 수는 없었지만 최소한 그때보다 적지는 않았다. 자기들이 수확한 것을 낭비벽이 심한 다섯 명의 인간에게 빼앗기지 않고 자신들만 먹게 된 데서 발생한 이익이 너무 커서 많은 실패를 보상하고도 남은 것이다. 게다가 여러 가지 점에서 동물들의 일 처리 방법이 보다 효율적이고 노동 절약적인 면이 있었다. 예를 들어 잡초를 뽑는 일 같은 것은 인간들은 불가능한 정도로 완벽하게 해낼 수 있었다. 게다가 동물들은 아무도 도둑질을 하지 않았기에 밭과 목장 사이에 울타리를 칠 필요도 없었고 그 덕분에 울타리와 문을 유지하는 데 드는 비용을 상당히 절약할 수 있었다. 하지만 여름이 지나면서 여러 가지 눈에 보이지 않은 부족한 점들이 눈에 띄기 시작했다. 파리핀 유(油), 못, 끈, 개가 먹는 비스킷, 말발굽의 징이 떨어졌지만 그것들 중 어느 것도 농장에서 만들 수 없었다. 뒤이어 종자와 인조 비료도 떨어지고 많은 연장이 필요했으며 나중에는 풍차를 만들 기계들도 필요하게 되었다. 그것들을 어디서 구할 수 있을지 그 누구도 상상조차 할 수 없었다.

어느 일요일 아침 동물들이 명령을 받으려고 모여 있는데 나폴레옹이 새로운 정책을 결정했다고 발표했다. 동물 농장이 이제부터 이웃 농장과 교역을 한다는 내용이었다. 물론 상업적 목적을 위해서가 아니라 단지 긴급히 필요한 물건들을 얻기 위해서라는 것이었다. 그는 풍차 건설에 필요한 물자들이 다른 것들에 우선해야 한다고 말했다. 이어서 그는 건초와 올해 수확할 밀 판매 협상을 진행 중이며 나중에 돈이 더 필요해지면 윌링던에서 늘 시장이 열려 있으므로 달걀을 팔아야 할지도 모른다고 말했다. 풍차 건설에 특별한 공헌을 한다는 마음으로 암탉들은 이런 희생을 받아들여야 한다고 나폴레옹은 말했다.

동물들은 다시 한번 막연한 불안감이 드는 것을 어쩔 수 없었다. 인간과는 그 어떤 거래도 하지 않는다, 장사하지 않는다, 화폐를 사용하지 않겠다는 것이 존스를 추방하고 열린 첫 번째 승리 '집회'에서 제일 먼저 통과된 결의 사항이 아니었는가? 모든 동물은 그 결의를 기억하고 있었다. 아니 최소한 기억하고 있다고 생각했다. 나폴레옹이 집회를 폐지했을 때 항의했던 네 마리의 돼지가 머뭇거리며 말을 꺼내려 했지만 개들이 무시무시하게 으르렁거리는 바람에 곧바로 입을 다물었다. 그러자 여느 때와 마찬가지로 양들이 "네 다리는 좋고 두 다리는 나쁘다"라고 외치기 시작했고, 일시적으로 어색했던 분위기는 부드러워졌다. 마침내 나폴레옹이 조용히 하라는 듯 앞다리를 들어 올리더니 자신이 이미 모든 조치를 다 취해 놓았다고 선언했다. 그는 동물 중 그 누구도 인간과 접촉할 필요는 없으며 그것은 분명히 바람직하지 못한 일이라고 말했다. 그는 자신의 두 어깨로 모든 짐을 질 작정이라고 했다. 그는 윌링던에 살고 있는 윔퍼 변호사가 동물 농장과 외부 사이의 중개 역할을 하기로 합의를 보았으며 매주 월요일 아침 자신의 지시를 받으러 농장을 방문할 것이라고 했다. 나폴레옹은 늘 그렇듯 "동물 농장 만세!"라고 외쳤고 동물들은 〈영국의 동물들〉을 합창한 후 해산했다.

후에 스퀄러가 농장을 돌아보며 동물들의 마음을 진정시켰다. 그는 장사를 금하고 화폐를 사용하지 않겠다는 결의는 통과된 적이 없으며 심지어 애당초 제안된 적도 없다고 말했다. 그것은 순전히 상상력의 산물이라고, 분명히 스노우볼이 퍼뜨린 거짓말이 애당초 그 도화선이 되었을 것이라고 그는 말했다. 몇몇 동물이 여전히 어렴풋이나마 의혹의 눈초리를 보내자 스퀼러가 그들에게 재빨리 물었다.

"동무, 그것이 여러분이 꿈에서 본 것이 아니라고 확신할 수 있소? 어디 그런 결의를 했다는 기록이 있소? 어디 그걸 적어 놓은 게 있단 말이오?"

어디에도 그런 결의를 적어놓은 게 없다는 것이 분명한 사실이었기에 동물들은 자신이 잘못 알고 있었다고 생각하고 더 이상 왈가왈부하지 않았다.

윔퍼 씨는 약속된 대로 매주 월요일 농장을 방문했다. 그는 구레나룻을 기른 교활한 모습의 체구 작은 남자였다. 그는 변변찮은 일이나 맡는 변호사였지만 동물 농장이 멀지 않아 브로커를 필요로 할 것이며 수수료도 상당할 것임을 그 누구보다 먼저 알아볼 수 있을 정도로 눈치가 빨랐다. 동물들은 일종의 두려움을 지니고 그가 왔다 가는 것을 지켜보며 가능한 한 그를 피했다. 그럼에도 불구하고 네 다리로 서 있는 나폴레옹이 두 다리로 서 있는 윔퍼에게 명령을 내리는 모습을 보고 그들은 자부심을 느꼈으며 이 새로운 협정이 잘된 일이라는 생각이 슬며시 들었다. 그들과 인간과의 관계는 이제 전과는 전혀 달랐다. 그렇다고 동물 농장이 번창하는 모습을 보고 이곳 동물들을 향한 인간들의 증오심이 줄어든 것은 아니었다. 사실은 전보다 더 증오했다. 인간들은 동물 농장이 조만간 파산할 것이라고 굳게 믿고 있었고 무엇보다 풍차 계획은 실패로 끝나리라는 것을 거의 신조처럼 받아들였다. 그들은 공회당에 모여 풍차는 무너질 것이라고, 설혹 건립되더라도 절대로 돌아가지 않을 것이라고, 도표를 그려가며 서로에게 증명했다. 하지만 그들은 자신의 의지와는 달리 동물들이 어느 점에서는 자기들 일을 효율적으로 운영해 나가는 사실에 대해 일종의 경의를 품게 되었다. 그들이 그 농장을 '매너 농장'이라 부르지 않고 '동물 농장'이라고 부르기 시작했다는 것이 그 징표였다. 그들은 또한 자기 농장을 되돌려 받겠다는 희망을 포기하고 다른 지방으로 이사해 버린 존스 씨를 더 이상 옹호하지 않았다. 아직 윔퍼를 통하지 않고는 바깥세상이 동물 농장과 접촉할 수 없었지만 나폴레옹이 폭스우드의 필킹턴 씨나 핀치필드의 프레더릭과 일정한 통상 협정을 맺을 것이라는 소문이 꾸준히 나돌고 있었다. 다만 동시에 두 곳과 협정을 맺지는 않을 것이라는 점은 주목할 만했다.

돼지들이 갑자기 농가로 옮겨가 그곳에서 지내기 시작한 것이 바로 그즈음이었다. 동물들은 그런 행동을 반대하는 결의가 지난날 통과되었다는 사실이 기억나는 것 같았다. 그러나 또다시 스퀼러가 이번 돼지들 행동은 경우가 다르다고 동물들을 설득할 수 있었다. 그는 이 농장의 두뇌 격인 돼지들에게는 조용히 일할 수 있는 공간이 절대적으로 필요하다고 말했다. 그리고 그는 돼지우리에 살기보다는 집에 사는 것이 지도자 동지의 위엄에―그는 최근에 나폴레옹을 '지도자 동지'라는 칭호를 사용하기 시작했다―어울린다고 말했다. 그럼에도 불구하고 돼지들이 식당에서 식사하고 응접실을 휴게실로 사용할 뿐 아니라 침대에서 잠을 잔다는 이야기가 전해졌을 때 몇몇 동물들은 동요했다. 복서는 평소처럼 '나폴레옹은 언제나 옳다'라는 구호로 넘겨버렸지만 침대 사용을 금한다는 규칙을 분명히 기억하고 있던 클로버는 헛간 끝으로 가서 그곳에 적혀있는 7계명을 해독하려고 애를 썼다. 하지만 자신이 한 글자, 한 글자씩 밖에 읽을 줄 모른다는 사실을 알게 된 그녀는 뮤리엘을 불러왔다.

"뮤리엘," 그녀가 말했다. "내게 네 번째 계명을 읽어줘요. 거기 침대에서 자면 안 된다는 내용 비슷한 게 적혀있지 않은가요?"

뮤리엘이 간신히 그 계명을 읽었다.

"'어느 동물도 *이불을 덮고* 침대에서 자면 안 된다'고 적혀

있어." 뮤리엘이 마침내 제대로 해독하는 데 성공했다.

참으로 묘한 일이었지만 클로버는 네 번째 계명에 애당초 이불에 대한 언급이 없었다는 사실을 기억하지 못했다. 어쨌든 벽에 그렇게 적혀있으니 의심의 여지가 없었다. 그런데 바로 그 순간 스퀼러가 개 두세 마리를 대동하고 그곳을 지나가다가 그 일의 전모를 정확하게 설명해줄 수 있었다. 그가 말했다.

"동무들, 우리 돼지들이 이제 집안 침대에서 잠을 잔다는 이야기를 들었지요? 왜 안 된다는 거지요? 당신들은 *침대*를 금지하는 규칙이 있었다고 생각하는 건 절대로 아니겠지요? 침대란 그저 잠자는 곳을 일컫는 단어입니다. 외양간의 짚 더미도 엄밀한 의미에서 침대입니다. 그 규칙에서 금하고 있는 것은 바로 *이불*입니다. 이불은 인간의 발명품이니까요. 우리는 농가의 침대에서 이불을 걷어 냈어요. 그리고 담요를 깔고 덮고 잡니다. 그것도 물론 아주 편한 침대이지요! 하지만 우리가 요즘 몰두해 있는 두뇌 작업을 염두에 둔다면 우리가 필요로 하는 만큼 편한 게 아닙니다. 동무들, 우리에게서 휴식을 빼앗을 생각은 아니겠지요? 우리가 너무 피곤해서 우리의 과업을 수행하지 못하도록 만들 생각은 아니겠지요? 설마 존스가 돌아오는 꼴을 보고 싶어 하는 건 아니겠지요?"

동물들은 그 점에 관한 한 즉각적으로 그를 안심시켰으며 돼지들이 농가의 침대에서 잠을 자는 것에 대해 왈가왈부하지 않았다. 그리고 그로부터 며칠 후 돼지들이 다른 동물들보다 1시간 늦게 기상하기로 결정되었다고 발표되었을 때 그 누구도 불평하지 않았다.

가을까지 동물들은 피곤했지만 행복했다. 힘든 한 해를 보냈고 건초와 옥수수 일부를 팔고 나니 겨울 식량의 재고가 별로 넉넉하지 못했지만 풍차가 모든 것을 보상해 주었다. 풍차 건설은 이제 거의 절반 정도 진행되었다. 추수 후에 연일 맑고 건조한 날씨가 이어졌고 동물들은 벽을 한 치라도 더 높이 쌓을 수만 있다면 온종일 돌 벽돌을 들고 왔다 갔다 할 가치가 있다고 생각하고 전보다 더 열심히 일했다. 복서는 밤에도 밖으로 나와 밝은 가을 달빛을 받으며 한두 시간 동안 일을 하곤 했다. 여가 시간이면 동물들은 반쯤 끝난 풍차 주변을 돌며 튼튼하게 우뚝 서 있는 벽을 감탄의 눈길로 바라보면서 이토록 당당한 것을 세울 수 있었던 스스로에 대해 경이로움을 느끼곤 했다. 다만 벤저민만이 아무런 열의도 보여주지 않은 채 평소처럼 당나귀는 오래 산다는 신비스러운 말만 할 뿐 풍차에 대해서는 일언반구도 없었다.

11월이 되었고 남서풍이 매섭게 불어왔다. 이제 시멘트 반죽을 하기에는 날이 너무 습했기에 공사는 중단되었다. 그러던 어느 날 밤 격렬하기 그지없는 돌풍이 불어와 농가가 밑둥치째 흔들렸고 헛간 지붕에서 기왓장이 몇 개 날아가 버렸다. 잠에서 깨어난 암탉들은 공포에 질려 있었다. 그들은 모두 멀리서 총소리가 들리는 꿈을 동시에 꾸었던 것이다. 아침이 되어 동물들이 우리에서 나와보니 게양대가 바람에 넘어지고 과수원의 느릅나무가 마치 무처럼 뽑혀 있었다. 바로 그 순간 모든 동물의 입에서 절망적인 비명이 터져 나왔다. 그들 눈앞에 끔찍한 광경이 펼쳐져 있었다. 풍차가 무너져버린 것이다.

그들은 일제히 그곳으로 달려갔다. 거의 나와서 걸어 다닌 적이 없던 나폴레옹이 앞장서서 달려갔다. 그렇다, 그것이, 그들의 온갖 투쟁의 결실이 옆으로 쓰러져 바닥에 누워 있었고, 그들이 그토록 힘겹게 운반한 돌들이 주변에 흩어져 있었다. 나폴레옹은 말없이 왔다 갔다 하면서 가끔 코를 땅에 들이대고 킁킁 냄새를 맡았다. 그의 꼬리가 뻣뻣해졌다가 좌우로 부르르 경련을 일으켰다. 고도로 집중된 정신 활동을 하고 있다는 증거였다. 그는 결심이라도 선 듯 갑자기 걸음을 멈추었다.

"동무들," 그가 차분하게 말했다. "이 모든 것에 대한 책임이

제6장

누구에게 있는지 알고 있소? 밤에 몰래 와서 우리의 풍차를 부쉬버린 적이 누구인지 알고 있소? 바로 스노우볼이오!" 그는 마치 천둥 치듯 포효했다. "스노우볼이 저지른 짓이란 말이오! 이 배반자는 수치스럽게 추방당한 것에 대해 복수하기 위해, 오로지 사악한 마음으로 우리의 계획을 전복시키려 한 거요. 이 반역자가 밤을 틈타 이곳으로 기어 와서는 우리가 1년 가까이 걸린 우리의 작업을 파괴해 버린 거요. 동무들, 이제 나는 스노우볼에게 사형을 선고하는 바요. 그에게 법의 심판을 집행한 동물에게는 그 누구건 '2급 동물 영웅' 훈장을 수여하고 한 말의 사과를 부상으로 줄 것이오. 그를 생포해 오는 동물에게는 두 말의 사과를 주겠소!"

스노우볼이 그런 범죄행위를 할 수 있다는 사실을 알고 동물들은 이루 말할 수 없이 충격을 받았다. 모두 분노의 고함을 질렀고 각자 그가 돌아오면 어떻게 잡을 것인지 나름대로 방법을 궁리했다. 그와 거의 동시에 언덕에서 약간 떨어진 곳 풀밭에서 돼지 한 마리의 발자국이 발견되었다. 발자국은 몇 미터 앞에 있는 울타리 구멍을 통해 밖으로 빠져나가고 있었다. 나폴레옹은 발자국에 코를 들이대고 열심히 냄새를 맡더니 그것이 스노우볼의 발자국이라고 선언했다. 그는 스노우볼이 폭스우드 농장 쪽으로부터 온 것 같다고 자신의 견해를 밝혔다.

"동무들, 더 이상 지체할 수 없소!" 나폴레옹은 발자국 조사가 끝나자 외쳤다.

"우리에게는 과업이 있소. 바로 오늘 아침부터 풍차 재건을 시작하는 거요. 비가 오건 날이 맑건 올 겨우내 공사를 하는 거요. 우리는 이 비열한 반역자에게 우리 작업을 그렇게 쉽게 허물어뜨릴 수 없다는 것을 가르쳐 줄 것이오. 동무들, 명심하시오. 우리의 계획에 변경은 있을 수 없소. 완성되는 그날까지 과업을 수행할 것이오. 전진합시다, 동무들! 풍차 만세! 동물 농장 만세!"

제7장

혹독한 겨울이었다. 폭풍우가 불어오고 이어서 진눈깨비와 눈이 내리더니 심한 서리가 내려 2월이 될 때까지 녹지 않았다. 동물들은 풍차 재건에 혼신의 힘을 다해 매달렸다. 바깥 세계에서 그들을 주시하고 있으며 그들이 제시간에 일을 끝내지 못하면 인간들이 기뻐 날뛰며 승리감에 도취하게 되리라는 것을 알고 있었기 때문이었다.

악의적인 인간들은 풍차를 파괴한 것이 스노우볼이라는 사실을 믿으려 하지 않았다. 그들은 벽이 너무 얇아서 무너졌다고 말했다. 동물들은 그 말이 사실이 아님을 알고 있었다. 그렇지만 이번에는 벽을 전처럼 45센티미터가 아니라 90센티미터의 두께로 쌓기로 결정되었다. 그것은 훨씬 더 많은 양의 돌을 확보해야 한다는 것을 의미했다. 꽤 오랫동안 채석장에는 눈더미가 덮여 있어서 아무 작업도 할 수 없었다. 서리가 내린 건조한 날씨에 약간의 진전이 있었지만 잔혹한 작업이었고 동물들은 전처럼 희망을 느낄 수 없었다. 그들은 늘 춥고 배고팠다. 오로지 복서와 클로버만이 원기를 잃지 않았다. 스퀼러가 봉사의 즐거움과 노동의 존엄성에 대해 멋진 연설을 했지만, 동물들은 복서의 힘과 "내가 좀 더 열심히 하지!"라는 굽힐 줄 모르는 외침에서 더 큰 격려를 받았다.

1월에는 식량이 부족했다. 옥수수 배급량이 현저히 줄었고 부족량을 감자로 메워주겠다는 발표가 있었다. 그런데 감자가 얼지 않도록 충분히 두텁게 덮어주지 않았기에 대부분 움 속에서 얼어버렸음이 밝혀졌다. 대부분 물렁물렁해지고 변색되어 먹을 수 있는 것은 얼마 되지 않았다. 어떤 때는 며칠 동안 왕겨와 근대밖에는 먹지 못할 때도 있었다. 굶주림이 눈앞에 닥쳐온 것 같았다.

이런 사실을 외부 세계에 감추는 것이 절대적으로 필요했다. 풍차가 무너진 사실에 힘을 얻은 인간들이 동물 농장에 대해 새로운 거짓말을 지어내기 시작했다. 모든 동물이 기아와 질병으로 죽어가고 있고 동물들이 끊임없이 서로 싸우고 있으며 급

기야는 서로 잡아먹고 새끼들을 죽인다는 것이었다. 나폴레옹은 열악한 식량 사정이 사실대로 알려질 경우 빚어질 나쁜 결과에 대해 잘 알고 있었다. 그는 웜퍼 씨를 이용해서 농장에 대해 실상과 다른 인상을 만들어 퍼뜨리기로 결심했다. 이제까지 동물들은 주말에 방문하는 웜퍼와 거의, 혹은 전혀 접촉이 없었다. 그런데 이제부터 몇몇 선발된 동물들이—주로 양들이었다—웜퍼가 듣는 데서 마치 우연인 양, 식량이 증산되었다는 이야기를 나누라는 지시를 받았다. 그뿐 아니었다. 나폴레옹은 식량 저장 창고의 빈 통을 모래로 가득 채우고 그 위를 남아 있는 곡식과 밀로 덮으라는 명령을 내렸다. 나폴레옹은 적당한 핑계를 대서 웜퍼를 창고로 끌고 가서 통을 흘낏 볼 수 있게 만들었다. 속아 넘어간 웜퍼는 동물 농장에는 결코 식량부족 현상이 없다고 바깥세상에 계속 알렸다.

그럼에도 불구하고 1월 말에 이르자 어디선가 곡물을 더 구해야 할 필요가 있음이 분명해졌다. 그즈음 나폴레옹은 공개석상에 거의 나타나지 않은 채 내내 집안에서만 지냈으며 문마다 사납기 짝이 없는 개들이 지키고 있었다. 어쩌다 모습을 보일 때면 엄중한 의식(儀式)을 거행하는 것 같았고 여섯 마리의 개들이 주변을 호위하면서 누군가 가까이 오는 기미가 보이면 사납게 으르렁거렸다. 그는 일요일 아침에조차 별로 모습을 보이지 않았고 다른 돼지들―주로 스퀼러―을 통해 명령을 하달했다.

어느 일요일 아침, 이제 다시 막 알을 낳기 시작한 암탉들에게 달걀을 바치라는 명령이 스퀼러를 통해 전달되었다. 나폴레옹은 윔퍼를 통해 매주 400개의 달걀을 판매한다는 계약을 맺었다. 달걀 판매 수입으로 여름이 와서 상태가 호전될 때까지 농장을 유지하기에 필요한 곡물과 식량을 사들인다는 것이었다.

이 발표를 듣자 암탉들은 무섭게 고함을 질러댔다. 그들은 그런 희생이 그들에게 필요할 것이라는 예고를 이미 들은 바 있었지만 실제로 그런 일이 일어나리라고는 믿지 않았다. 봄철에 병아리를 까기 위해 알을 품고 있던 암탉들은 달걀을 가져가는 것은 살상 행위라고 항의했다. 존스 추방 이래 처음으로 반란 비슷한 것이 일어난 것이다. 검은 미노르카 종 암탉 세 마리의 지휘하에 닭들은 나폴레옹의 소망을 꺾으려는 노력을 하기로 결의했다. 그들이 택한 방법은 서까래로 날아 올라가서 그곳에서 알을 낳아 바닥에 떨어뜨려 깨뜨리는 것이었다. 나폴레옹은 신속하게 무자비한 조치를 취했다. 그는 닭들에게 식량 배급을 중단한다고 선포했다. 그리고 어떤 동물이건 암탉에게 옥수수 한 알이라도 준다면 사형에 처한다고 공포했다. 개들이 이 명령이 잘 지켜지는지 엄중하게 감시했다. 닭들은 닷새 동안 버티다가 결국 둥우리로 돌아왔다. 그 사이 아홉 마리의 암탉이 죽었다. 죽은 닭들은 과수원에 묻혔으며 콕시듐증(기생충에 의해 발생하는 가금류 질병-옮긴이 주)이 사망원인으로 공식 발표되었다. 윔퍼는 그 사건에 대해 아무것도 듣지 못했으며 달걀은 채소 마차에 실려 일주일에 한 번씩 꼬박꼬박 밖으로 실려 나갔다.

그 사이 내내 스노우볼의 모습은 흔적조차 보이지 않았다. 그가 폭스우드나 핀치필드 중 한 군데 이웃 농장에 숨어있다는 소문이 돌고 있었다. 나폴레옹은 이즈음 이웃 농장들과의 관계를 전보다 약간 개선했다. 동물 농장 마당에는 아주 잘 마른 목재 더미가 쌓여 있었다. 10년 전 너도밤나무 숲을 벌목하면서 베어낸 나무들이었다. 윔퍼는 나폴레옹에게 그 목재를 팔라고 충고했다. 필킹턴 씨와 프레더릭 씨 둘 다 그 목재를 사고 싶어 했다. 나폴레옹은 둘 사이에서 마음을 정하지 못하고 망설이고 있었다. 프레더릭과 계약을 맺으려고 할 때면 스노우볼이 폭스우드에 숨어있다는 소식이 들렸고 필킹턴 쪽으로 마음이 기울어지려 할 때면 스노우볼이 핀치필드에 있다는 말이 들렸다.

그러던 중 이른 봄 어느 날 갑자기 놀라운 사실이 밝혀졌다. 스노우볼이 밤이면 은밀하게 농장에 들락거린다는 것이었다!

동물들은 너무나 불안해서 제대로 잠을 잘 수 없었다. 그가 밤이면 어둠을 틈타고 기어들어 와 온갖 악행을 저지른다는 것이었다. 곡식을 훔치고 우유통을 뒤엎고 달걀을 깨버리고 묘목을 짓밟고 과수 껍질을 벗겨버린다는 것이었다. 이제 무슨 좋지 않은 일이 생길 때마다 모두 스노우볼 탓으로 돌리게끔 되었다. 창문이 깨지거나 수채가 막혀도 누구든 스노우볼이 밤에 들어와 그 짓을 했다고 말하게 되었고 창고 열쇠를 잃어버렸을 때도 스노우볼이 그것을 우물에 던져 버렸다고 농장 전체가 믿었다. 암소들은 스노우볼이 창고로 몰래 들어와 자기들이 잠들어 있는 사이 우유를 짜갔다고 이구동성으로 주장했다. 그해 겨우내 두통거리였던 쥐들이 스노우볼과 결탁하고 있다는 이야기까지 나돌았다.

나폴레옹은 스노우볼의 행동을 철저히 조사해야 한다고 공표했다. 그는 개들을 대동하고 농장 건물을 돌면서 철저하게 조사했다. 다른 동물들은 감히 범접하기 어렵다는 듯 거리를 둔 채 뒤따랐다. 나폴레옹은 몇 발짝 옮길 때마다 걸음을 멈추고 스노우볼의 발자취를 찾아 땅에 코를 대고 킁킁거리면서 냄새로 그의 발자취를 알아낼 수 있다고 말했다. 그는 구석구석 샅샅이 조사했으며 헛간, 외양간, 닭장, 채소밭에서 킁킁 냄새

제7장

를 맡았고 거의 모든 곳에서 스노우볼의 흔적을 발견했다. 그는 긴 코를 땅에 박고 몇 차례 깊은숨을 들이킨 후에 무시무시한 목소리로 말하곤 했다.

"스노우볼이다! 놈이 여기 왔었다! 분명히 놈의 냄새가 난다!" 그의 입에서 스노우볼이라는 이름이 나올 때마다 개들은 송곳니를 드러내며 소름 끼치게 으르렁거렸다.

동물들은 온통 공포로 얼어붙었다. 마치 스노우볼이 주변의 공기 속에 잠입해서 그들을 온갖 종류의 위험에 처하게 만드는, 일종의 보이지 않는 영향력을 행사하고 있는 것 같았다. 저녁에 스퀼러가 동물들을 집합시키더니 경악스러운 표정을 지으며 중대한 소식을 전할 것이 있다고 했다.

"동무들!" 스퀼러가 약간 신경질적으로 깡충거리며 외쳤다. "정말 무시무시한 일이 밝혀졌소. 스노우볼이 우리를 침략해서 우리의 농장을 빼앗으려는 핀치필드의 프레더릭에게 자신을 팔아넘긴 거요! 그들의 공격이 시작되면 스노우볼이 앞장서서 안내할 거요. 그런데 그보다 더 고약한 소식이 있소. 우리는 스노우볼이 봉기에 나선 것이 단순히 그의 허영심과 야심 때문이라고 생각해 왔소. 하지만, 동무들, 우리가 잘못 생각했던 거요. 그가 봉기에 나선 진짜 이유를 아시오? 스노우볼은 애초부터 존스와 결탁했던 거요! 그는 내내 존스의 밀정이었던 거요. 그가 남겨두고 떠난 서류에 의해 모든 게 다 밝혀졌소. 이제 막 그 서류를 발견한 참이오. 동무들, 그걸 보면 모든 게 다 설명이 될 수 있다고 믿소. 동무들, 그가 '외양간 전투'에서 우리를 패배로 몰아넣기 위해 그 얼마나 필사적으로 노력했는지 우리 두 눈으로 똑똑히 보지 않았소? 다행히 놈의 노력은 실패했지만 말이오."

동물들은 모두 아연실색했다. 이것은 풍차를 파괴한 행위보다 훨씬 더 사악한 짓이었다. 하지만 그들에게 그런 생각이 든 것은 잠시 뒤의 일이었다. 스퀼러의 말을 듣는 순간 그들은 모두 '외양간 전투'에서 스노우볼이 선두에 나서서 얼마나 열심히 싸웠는지, 고비 때마다 동물들을 어떻게 규합하고 용기를 북돋웠는지, 존스의 총알로 등에 상처를 입었을 때도 그가 어떻게 한 시도 싸움을 멈추지 않았는지 기억했거나 기억한다고 생각했다. 그런 사실들이 그가 처음부터 존스 편이었다는 사실과 어떻게 들어맞을 수 있다는 것인지, 처음에는 이해하기 어려웠다. 결코 질문이라는 것을 던질 줄 몰랐던 복서조차도 당혹스러웠다. 그는 앞발굽을 꿇고 앉아 눈을 감은 채 생각을 정리해보려고 안간힘을 썼다.

"난 그걸 믿을 수 없소." 그가 말했다. "'외양간 전투'에서 스노우볼은 용감하게 싸웠소. 나 자신이 보았소. 우리가 즉석에서 그에게 '1급 동물 영웅' 훈장을 주지 않았소?"

"동무, 그게 바로 우리의 실수였던 거요. 우리는 그 사실을 이제야 알게 되었소. 우리가 발견한 비밀문서에 모두 적혀 있소. 놈은 실제로는 우리를 파멸로 이끌려 했던 거요."

"하지만 부상을 입지 않았소?" 복서가 말했다. "그가 피를 흘리는 걸 우리 모두 보았잖소?"

"그것도 다 미리 짜 놓았던 거란 말이오!" 스퀼러가 고함쳤다. "존스의 총알은 그를 스치기만 했소. 여러분이 읽을 줄만 안다면 그 문서를 직접 보여줄 수 있으련만…… 결정적인 순간에 우리에게 도망가라는 신호를 내려 농장을 적에게 넘겨준다는 것이 스노우볼의 계략이었소. 게다가 거의 성공할 뻔했지. 우리의 영웅적인 지도자 나폴레옹 동지가 없었다면 놈은 성공했을 거요. 동무들, 기억나오? 존스와 그 일꾼들이 마당으로 들어서는 순간 스노우볼이 갑자기 도망가기 시작했고 다른 동물들이 그 뒤를 따랐던 것 말이오. 그리고 동무들 기억하시오? 모두 공포에 질려 어쩔 줄 몰라 하던 바로 그 순간 나폴레옹 동지가 '인간에게 죽음을!'이라는 고함과 함께 앞으로 뛰쳐나와 존스의 다리를 이빨로 물었던 사실 말이오. 동무들, 동무들은 분명히 *그것을* 기억하지요?" 스퀼러가 이리저리 뛰어다니며 부르짖었다.

스퀼러가 그 장면을 그토록 생생하게 묘사하자 동물들은 그것이 기억나는 것 같았다. 어쨌든 동물들은 결정적인 전투 순간에 스노우볼이 몸을 돌려 도망가던 것만은 기억했다. 하지만 복서는 여전히 마음이 편치 않았다.

"나는 스노우볼이 애당초 반역자였다고는 믿지 않소." 그가 마침내 말했다. "그가 그 뒤에 한 일들은 달라요. 하지만 외양간 전투에서 그는 훌륭한 동무였다고 믿소."

"우리의 지도자이신 나폴레옹 동지께서는," 스퀼러는 천천히 단호하게 선언했다. "아주 명백하게, 동무들, 아주 명백하게 말이오, 스노우볼이 애초부터 존스의 첩자였다고 말씀하셨소. 그렇소, 봉기를 구상하기 훨씬 전부터 말이오."

"아하, 그렇다면 문제가 다르지." 복서가 말했다. "나폴레옹 동지가 그렇게 말했다면 그건 분명히 옳겠지요."

"그렇지, 그게 올바른 생각이오, 동무!" 스퀼러가 외쳤다. 하지만 그가 그 작고 반짝거리는 눈으로 복서를 향해 험상궂은 눈길을 보내는 것을 알 수 있었다. 그는 돌아가려고 몸을 돌렸

제7장

95

다가 다시 멈추더니 감명 깊게 말했다.

"이 농장의 모든 동물에게 눈을 크게 뜨고 있으라고 주의를 주겠소. 스노우볼의 비밀 정보원 몇 놈이 이 순간에도 우리 가운데 숨어있다는 증거가 있으니 말이오."

나흘 뒤 늦은 오후에 나폴레옹이 모든 동물에게 마당에 모이라고 명령했다. 모두 모이자 나폴레옹이 훈장들을 달고—그는 최근에 1급 동물 영웅 훈장과 2급 동물 영웅 훈장을 자신에게 수여했다—집안으로부터 나타났다. 그의 주변을 아홉 마리의 개가 뛰어다니며 으르렁거려서 모든 동물의 등골을 오싹하게 만들었다. 동물들은 뭔가 무서운 일이 벌어지리라는 것을 예감하고 잔뜩 위축된 채 조용히 앉아 있었다.

나폴레옹은 근엄한 모습으로 서서 청중을 둘러보더니 째지는 듯한 소리를 질렀다. 그러자 즉각적으로 개들이 앞으로 뛰쳐나가 네 마리 돼지의 귀를 물고 나폴레옹 앞으로 끌어냈다. 돼지들은 고통과 공포의 비명을 질러댔다. 돼지들 귀에서 피가 흘렀고 피 맛을 본 개들은 얼마 동안 마치 미친 듯 날뛰었다. 그런데 이번에는 세 마리 개가 복서에게 달려들었기에 모두 놀랄 수밖에 없었다. 개들이 달려오는 것을 본 복서는 커다란 발굽을 내밀어 그중 한 마리를 공중에서 낚아채더니 땅바닥에 대고 짓눌렀다. 그 개는 살려달라고 비명을 질렀고 다른 두 마리는 다리 사이에 꼬리를 만 채 도망쳤다. 복서는 개를 박살 내 죽여 버릴까 아니면 살려줄까 묻는 듯 나폴레옹을 바라보았다. 나폴레옹은 표정을 바꾸더니 복서에게 개를 놔주라고 명령했다. 복서가 발굽을 들자 개는 피를 흘리면서 낑낑 소리와 함께 슬금슬금 도망쳤다.

이제 소란은 가라앉았다. 네 마리의 돼지는 몸을 부들부들 떨면서 기다렸다. 그들의 표정 하나하나마다 유죄라는 글자가 쓰여 있는 것 같았다. 나폴레옹은 그들에게 죄를 고백하라고 요구했다. 그들은 나폴레옹이 일요일 집회를 취소했을 때 항의했던 바로 그 돼지들이었다. 더 이상 재촉할 것도 없이 그들은 스노우볼이 추방되었을 때부터 줄곧 그와 접촉해 왔으며 그와 협력해서 풍차를 파괴했다고, 그와 작당해서 동물 농장을 프레더릭에게 넘기기로 모의했다고 자백했다. 그리고 스노우볼이 자신은 수년 동안 존스의 밀정이었음을 은밀히 고백했다고 덧붙였다. 그들의 자백이 끝나자마자 개들이 즉시 그들의 목을 물어뜯었고 나폴레옹은 무시무시한 목소리로 다른 동물들은 자백할 것이 없느냐고 물었다.

달걀 문제로 반란을 획책했던 세 마리의 주동자 닭이 앞으로 나와 스노우볼이 꿈속에 나타나 나폴레옹의 명령에 복종하지 말라고 선동했음을 자백했다. 그들도 학살당했다. 이어서 거위 한 마리가 앞으로 나와 지난해 추수 때 옥수수 여섯 알을 숨겨 두었다가 먹어버렸다고 자백했다. 이번에는 양 한 마리가 우물에 오줌을 누었다고, 스노우볼이 시켜서 그랬다고 자백했으며 다른 두 마리 양은 헌신적인 나폴레옹 추종자였던 늙은 숫양이 감기에 걸려 고생할 때 모닥불 주변을 빙빙 돌며 도망가는 그를 붙잡아 죽였다고 자백했다. 그들은 모두 즉석에서 처형되었다. 이후로도 자백과 처형이 계속되어 나폴레옹의 발밑에는 시체 더미가 쌓였다. 존스가 추방된 이래 맡아보지 못하던 피 냄새가 공기 중에 가득했다.

학살이 끝나자 남은 동물들은 돼지와 개를 제외하고는 한 덩어리가 되어 물러갔다. 모두 몸을 떨면서 비참한 기분에 젖어 있었다. 동물들은 스노우볼과 공모했던 동물들의 반역 행위와 방금 그들이 목격한 잔인한 처형 중에 어느 것이 더 충격적인지 알 수 없었다. 옛날에도 이와 비슷하게 무시무시한 유혈 장면들이 꽤 있었다. 하지만 그 어떤 것보다 이번이 훨씬 더 끔찍하게 여겨졌다. 그 유혈극이 바로 그들 사이에서 벌어졌기 때문이었다. 존스가 추방된 후 오늘날까지 동물이 다른 동물을 죽인 적은 없었다. 심지어 쥐 한 마리도 죽이지 않았다. 동물들은 반쯤 완성된 풍차가 서 있는 곳으로 올라갔다. 나폴레옹의 집합 명령이 떨어지기 직전 갑자기 사라진 고양이만 빼놓고는 모든 동물―클로버, 뮤리엘, 벤저민, 암소, 양, 거위, 암탉들이 마치 온기를 찾아 한데 모이듯 함께 둘러앉았다. 얼마 동안 아무도 말이 없었다. 오직 복서만이 서 있었다. 그는 가만히 서 있지 못하고 왔다 갔다 하면서 긴 검은 꼬리를 흔들었다. 그는 가끔 놀랍다는 듯 히힝 소리를 냈다. 마침내 그가 입을 열었다.

"이해할 수가 없소. 그런 일이 우리 농장에서 벌어지리라고는 생각도 못 했소. 아마 우리가 뭔가 잘못한 모양이오. 내가 보기에 더 열심히 일하는 것만이 해결책이오. 나는 이제부터 아침에 한 시간 일찍 일어나겠소."

그런 후 그는 뚜벅뚜벅 채석장으로 걸어갔다. 그곳에 이르자 그는 돌을 모아 풍차 쪽으로 끌고 갔다. 밤이 되어 그곳에서 물러나기까지 그는 연달아 두 차례 그 작업을 했다.

동물들이 클로버 주변에 말없이 둘러앉아 있었다. 그들이 앉아 있는 언덕에서 시골 풍경이 한눈에 내려다보였다. 동물 농장 거의 전체가―한길까지 뻗어 있는 기다란 목장, 건초 밭, 덤불, 우물, 어린 밀들이 파랗게 자라고 있는 밭, 굴뚝에서 연기가

제7장

모락모락 피어오르고 있는 농장 건물들의 붉은 지붕들이 눈에 들어왔다. 맑은 봄날 저녁이었다. 풀들과 울타리가 저녁 햇살을 받아 황금빛으로 빛나고 있었다. 이 농장 전체가 그들에게 그토록 바람직하게 여겨지지 않았던가! 한 뼘의 땅까지 그 모든 것이 자기들 것이었다는 사실을 기억하고 그들에게는 일종의 경이감이 일었다. 언덕 아래를 내려다보고 있는 클로버의 눈에 눈물이 그렁했다. 그녀가 자기 생각을 말할 수 있었다면 자신들의 목표는 이런 게 아니었다고, 이러기 위해서 몇 년 전 인간을 몰아내려고 애쓴 게 아니었다고 말했을 것이다. 메이저 영감이 처음 그들에게 봉기하라고 부추겼을 때 그들이 그렸던 미래의 모습은 이런 공포와 학살 장면이 아니었다고 말했을 것이다. 그녀가 미래의 모습을 그릴 수 있었다면 기아와 채찍에서 해방된 동물들의 사회, 모두 평등하고 자신의 능력에 맞게 일하는 사회, 메이저 영감이 연설하던 날 밤 자기가 오리 새끼들을 앞발로 감싸주었듯 강자가 약자를 보호해 주는 그런 사회를 그렸을 것이다. 그런데 그 대신—어쩌다 그렇게 됐는지 그녀는 알 수 없었지만—아무도 자신의 속마음을 털어놓지 못하는 곳, 도처에 개들이 으르렁거리며 돌아다니는 곳, 자신의 동료들이 충격적인 죄를 자백하고 조각조각 찢겨 죽어버리는 모습을 보아야 하는 곳이 되었고, 그런 때가 된 것이다. 하지만 그녀 마음 속에는 반항하거나 불복종하겠다는 뜻이 없었다. 비록 이런 지경에 이르렀다 할지라도 자신들이 존스 시대보다는 훨씬 잘 지내고 있다는 것을 그녀는 알고 있었고 다른 무엇보다도 인간이 돌아오는 것을 막을 필요가 있다는 것을 그녀는 알고 있었다. 그 어떤 일이 벌어지더라도 그녀는 여전히 충성스럽게 열심히 일할 것이고 자신에게 주어진 명령을 수행할 것이며 나폴레옹의 통치권을 받아들일 것이다. 그렇다 하더라도 그녀와 모든 다른 동물이 원한 것이 이것은 아니었고 이러기 위해 힘든 수고를 해온 것도 아니었다. 이러기 위해 풍차를 세운 것도 아니었고 존스의 총알과 맞섰던 것도 아니었다. 비록 말로 표현할 수는 없었지만 그녀의 생각은 대충 그런 것이었다.

그녀는 이런 감정을 표현해낼 말을 찾지 못하자 대신 그 감정을 모두 담으려는 듯 〈영국의 동물들〉을 부르기 시작했다. 그녀 주변에 앉아 있던 동물들이 그녀를 따라 노래를 불렀다. 그들은 세 번 연달아 노래를 불렀다. 그들은 구성지게 노래를 불렀지만 전에 없이 느릿느릿 슬픔에 젖어 있었다.

그들이 막 세 번째 노래를 끝냈을 때 스퀼러가 두 마리의 개를 대동하고 나타났다. 뭔가 중요한 할 말이 있는 듯한 표정이었다.

그는 나폴레옹 동지의 특별 포고에 따라 〈영국의 동물들〉 노래를 폐지한다고 발표했다. 앞으로 그 노래를 부르는 것을 금지한다는 것이었다.

동물들은 깜짝 놀랐다.

"왜 그렇소?" 뮤리엘이 외쳤다.

"더 이상 필요 없기 때문이오, 동무." 스퀼러가 딱딱한 목소리로 말했다. "〈영국의 동물들〉은 봉기의 노래요. 하지만 이제 봉기는 완수되었소. 반역자들의 처형으로 종지부를 찍은 거요. 외부의 적과 함께 내부의 적도 섬멸되었소. 우리는 〈영국의 동물들〉을 통해 다가올 더 나은 사회를 열망하는 우리의 뜻을 표현했소. 그런데 이제 그런 사회가 완성되었소. 이 노래를 불러야 할 목적이 이제 분명하게 사라진 거요."

동물들은 비록 두려움에 젖어 있었지만 몇몇 동물이 항의하려고 했을 것이다. 그러나 바로 그 순간 양들이 으레 그렇듯 "네 다리는 좋고 두 다리는 나쁘다"고 합창을 했고 노래가 몇 분간 지속되면서 토론은 아예 봉쇄되어 버렸다.

그리하여 이제 〈영국의 동물들〉은 더 이상 들리지 않게 되었다. 그 대신 시인 미니무스가 다른 노래를 작곡했다. 그 노래의 서두는,

동물 농장, 동물 농장,

그대가 해를 입지 않도록 우리가 지켜주리니

로 시작되었다. 이 노래는 매주 일요일 아침 기를 게양한 뒤에
제창되었다. 그러나 동물들은 그 가사나 곡조가 아무래도 〈영국
의 동물들〉과는 견줄 수 없는 것처럼 느꼈다.

제8장

며칠 후 처형으로 인한 공포가 가라앉았을 때 몇몇 동물이 '어떤 동물도 다른 동물을 죽이면 안 된다'는 여섯 번째 계명을 기억해냈다—혹은 기억해냈다고 생각했다—아무도 돼지나 개가 듣는 데서 말을 꺼낼 엄두를 못 냈지만 앞서 발생한 살해 사건들이 이 계명에 맞지 않는다고 느꼈다. 클로버는 벤저민에게 여섯 번째 계명을 읽어달라고 했다. 하지만 늘 그렇듯 그가 이런 일에 끼어드는 것을 거부하자 그녀는 뮤리엘을 불러왔다. 뮤리엘이 클로버에게 제6 계명을 읽어주었다. 그것은 다음과 같았다.

어떤 동물도 *이유 없이* 다른 동물을 죽이면 안 된다.

어떻게 된 영문인지 중간의 *'이유 없이'*라는 표현은 동물들의 기억에서 사라지고 없었다. 하지만 그들은 이제 계명을 위반한 일이 없다는 것을 알게 되었다. 스노우볼과 공모했던 반역자들에게는 죽을 만한 충분한 이유가 분명히 있었던 것이다.

그해 내내 동물들은 지난해보다 훨씬 더 열심히 일했다. 전보다 벽의 두께가 두 배나 되는 풍차를 다시 지으려면, 그것도 정규적인 농장 일을 하면서 정해진 날짜에 완공하려면 엄청난 노동이 필요했다. 존스 시절보다 더 많은 일을 하면서 식량 사정은 조금도 나아지지 않은 것처럼 보이는 시절이 온 것이다.

일요일 아침이면 스퀼러는 기다란 종이쪽지를 앞발로 들고 동물들에게 통계표를 읽어주었다. 각종 식량 생산이 곡물에 따라 200%나 300%, 혹은 500% 증산되었다는 통계였다. 동물들은 그 통계를 불신할 이유가 전혀 없었다. 봉기가 일어나기 전의 상황이 어떠했는지 전혀 기억하지 못했기 때문이었다. 그렇지만 통계는 줄더라도 식량이 많아졌으면 좋겠다고 느끼는 시절이 온 것은 분명했다.

이제 모든 명령은 스퀼러나 다른 돼지를 통해 하달되었다. 나폴레옹은 2주일에 한 번 정도밖에 공식 석상에 나타나지 않았다. 그가 모습을 보일 때면 개들뿐 아니라 검은 수평아리 한 마리가 그를 수행했다. 이 병아리는 나폴레옹 앞에서 걸으며 그가 연설하기 전에 마치 나팔수처럼 '꼬꼬댁 꼬꼬'라고 큰 소리로 울어댔다. 급기야 그가 농가 안에서도 다른 동물과는 다른 방에서 기거한다는 이야기가 나돌았다. 그는 두 마리 개가 옆에서 지켜보는 가운데 혼자 식사를 했으며 응접실 유리 찬장에 있는 최고급 식기를 사용했다. 이어서 다른 두 기념일 외에 나폴레옹의 생일에도 축포를 쏠 것이라는 발표가 있었다.

나폴레옹은 이제 절대로 단순히 '나폴레옹'이라고 불리지 않았다. 언제나 '우리의 영도자 나폴레옹 동지'라는 공식 명칭이 사용되었으며 돼지들은 그를 위해 '모든 동물의 아버지', '인간들의 공포', '양 떼들의 수호자', '오리들의 친구' 등등의 호칭을 만들어냈다. 그가 연설할 때면 스퀼러는 눈물을 흘리며 그의 지혜, 그의 선량한 마음씨, 모든 동물, 특히 아직 다른 농장에서 무지한 가운데 노예 생활을 하고 있는 불행한 동물들을 향한 그의 사랑에 대해 동물들에게 감동적으로 설명하곤 했다.

이제 모든 성공적인 업적과 갖가지 행운을 모두 나폴레옹의 공으로 돌리는 것이 일반적인 일이 되었다. 암탉들이 다른 동물에게 "우리의 지도자이신 나폴레옹 동지의 영도하에 6일 동안 알을 다섯 개나 낳았어요"라고 말하는 것을 흔히 들을 수 있었으며 암소들이 우물에서 물을 마시며 "나폴레옹 동지의 영도 덕분에 이 물맛이 얼마나 좋은지 몰라요!"라고 감탄하는 것도 들을 수 있었다. 동물 농장의 그러한 분위기는 미니무스가 쓴 '나폴레옹 동지'라는 시에 잘 나타나 있는데 그 시는 다음과 같다.

아버지 없는 자의 친구여!
행복의 원천이여!
여물통의 주님이시여!
하늘의 태양처럼
평온하고 당당한 그대의 눈을 바라보며
오, 나의 영혼은 불타오르나니!

그대, 모든 동물이 좋아하는
그 모든 것을 베푸는 이여!
하루에 두 번 배를 불리고, 깨끗한 짚을 잠자리로 주시니,
크고 작은 모든 동물이
자기 우리에서 행복하게 잠을 자도다.
모든 것을 돌봐주시는,
그대 나폴레옹 동지여!

내 젖먹이 돼지 새끼를 낳으니

맥주 통이나 밀 방망이처럼

크게 자라기 전에

당신에게 충성스럽고 진실할 것을

배워야 하나니,

그렇다, 그가 제일 먼저 외쳐야 할 소리는

"나폴레옹 동지여!"

나폴레옹은 이 시를 추인해서 큰 헛간 벽, 7계명 맞은편 끝에 적어놓게 했다. 시 위에는 스퀼러가 흰 페인트로 그린 나폴레옹의 옆 모습 초상화가 걸려 있었다.

그사이 윔퍼의 중재로 나폴레옹은 프레더릭 및 필킹턴과 협상을 벌이고 있었다. 목재 더미는 아직 팔리지 않은 상태였다. 둘 중에서 프레더릭이 그 목재를 더 탐내고 있었지만 그는 합당한 가격을 제시하지 않았다. 그와 동시에 프레더릭과 그의 일꾼들이 동물 농장을 공격해서 풍차를 파괴하려는 계획을 세웠다는 소문이 돌았다. 풍차 건물이 그들에게 불같은 질투를 불러일으켰기 때문이었다.

스노우볼은 여전히 핀치필드 농장에 몸을 숨기고 있는 것으로 알려졌다. 한여름에 세 마리 암탉이 앞으로 나와 스노우볼의 선동으로 나폴레옹을 살해하려는 음모에 가담했다고 자백하는 것을 보고 동물들은 깜짝 놀랐다. 그들은 즉각 처형되었고 나폴레옹의 안전을 위한 새로운 예방 조치가 취해졌다. 밤에 네 마리의 개들이 그의 침대 네 귀퉁이를 지켰으며 핑크아이라는 어린 돼지가 그가 음식을 먹기 전에 혹시 독이라도 들어있는지 미리 시식하는 임무를 맡았다.

바로 그즈음에 나폴레옹이 목재 더미를 필킹턴 씨에게 팔려고 한다는 말이 돌았다. 동시에 그는 동물 농장과 폭스우드 농장 간에 일정한 생산품을 물물 교환하자는 정식 협상을 진행 중이었다. 비록 윔퍼를 통해서만 이루어지고 있었지만 나폴레옹과 필킹턴과의 관계는 이제 거의 우호적이 되었다. 동물들은 인간이라는 이유로 필킹턴을 불신했지만 그들이 겁을 먹고 있으며 동시에 증오하고 있는 프레더릭보다는 그를 훨씬 좋게 보고 있었다. 여름이 가고 풍차가 거의 완공단계에 이르렀을 때 반역자들의 공격이 임박했다는 소문이 점점 더 강하게 떠돌았다. 프레더릭이 총으로 무장한 스무 명의 인간들을 끌고 그들을 공격할 것이며 그들이 동물 농장의 소유권리증만 손에 넣으면 아무것도 문제 될 것이 없도록 이미 시장과 경찰을 매수해

제8장

109

놓았다는 것이었다. 게다가 프레더릭이 자기 농장 동물들에게 자행한 가혹행위에 대한 무시무시한 소문도 흘러나왔다. 그는 늙은 말 한 마리를 매질해서 죽였고 암소들을 굶겨 죽였으며 개를 아궁이에 던져 살해했고 저녁이면 발톱에 면도칼을 붙인 닭들을 싸움 붙이고는 재미있게 구경한다는 것이었다. 동물들은 자기 동무들에게 가해진 이런 잔혹한 행위에 대한 이야기를 듣고 분노로 피가 끓어올랐다. 동물들은 때로는 핀치필드 목장을 공격해서 인간을 몰아내고 동물들을 해방시켜 달라고 아우성을 쳤다. 하지만 스퀼러는 거친 행동은 삼가고 나폴레옹 동지의 전략을 믿으라고 동물들에게 충고했다.

그렇지만 프레더릭을 향한 적대감은 나날이 커졌다. 어느 일요일 아침 나폴레옹이 헛간에 나타나 프레더릭에게 목재를 팔겠다는 생각은 해본 적이 없다고 해명했다. 그따위 악당과 거래하는 것은 자신의 체면을 손상하는 일이라고 그는 말했다. 동물 농장의 봉기 소식을 만방에 알리려고 아직 파견 중이었던 비둘기들에게는 폭스우드 농장에는 발을 들여놓지 말라는 명령이 내려짐과 동시에 '인간에게 죽음을!'이라는 구호를 '프레더릭에게 죽음을!'이라는 구호로 바꾸라는 명령이 내려졌다. 늦여름이 되자 스노우볼의 또 다른 음모가 드러났다. 밀밭에 잡초가 잔뜩 우거지게 된 것은 밤에 스노우볼이 몰래 나타나 옥수수 씨에 잡초 씨를 섞어 놓았기 때문이라는 것이었다. 음모에 가담했던 거위 한 마리가 스퀼러에게 죄를 자백했고 자백 즉시 독성이 강한 벨라돈나 열매를 먹고 자살했다. 또한 동물들은 많은 동물이 이제까지 믿어온 것처럼 스노우볼은 '일급 동물 영웅' 훈장을 받은 적이 없다는 사실도 배워서 알게 되었다. 그것은 외양간 전투 이후 스노우볼이 퍼뜨린 거짓 소문에 불과하다는 것이었다. 훈장을 받기는커녕 전투에서 비겁한 행동을 해서 견책을 받았다는 것이다. 그 이야기를 들은 동물들은 다시 한번 당황했다. 하지만 스퀼러는 곧바로 그들의 기억이 틀렸다고 바로잡아 줄 수 있었다.

그해 가을, 모두 녹초가 될 수밖에 없는 엄청난 수고 끝에—거의 같은 시기에 곡식도 거둬들여야 했기 때문이었다—풍차가 완성되었다. 아직 기계류를 설치해야 했지만—웜퍼가 매입 협상 중이었다—뼈대는 완성된 셈이었다. 온갖 난관이 있었음에도 불구하고, 또한 경험 미숙과 원시적인 장비, 불운과 스노우볼의 배신에도 불구하고 작업은 정확히 예정된 날 끝났던 것이다! 동물들은 모두 지쳐 있었지만 자부심에 가득 차서 자기들의 걸작품 주변을 빙빙 돌았다. 그들의 눈에는 이번 것이 처음 지었던 것보다 훨씬 아름답게 보였다. 게다가 벽은 전보다 두 배나 두꺼웠다. 이제 억지로 폭파하지 않는 한 이 벽이 무너지는 일은 없으리라! 오, 얼마나 많은 노고를 바쳤는가! 얼마나 많은 좌절감을 극복했는가! 풍차 날개가 돌아가 발전을 하게 되면 삶이 그 얼마나 달라질 것인가! 그 생각을 하자 피로가 말끔히 씻겼다. 그들은 승리의 함성을 지르며 풍차 주변을 돌고 또 돌았다. 나폴레옹도 개와 수평아리를 데리고 풍차 완공 시찰을 나왔다. 그는 동물들의 노고에 대해 개인적으로 치하한 후 이 풍차를 '나폴레옹 풍차'로 명명한다고 발표했다.

이틀 후 헛간에서 특별집회가 있다며 모든 동물이 모이라는 지시가 내려왔다. 그런데 목재 더미를 프레더릭에게 팔았다는 나폴레옹의 발표에 모두 깜짝 놀랐다. 내일 프레더릭의 마차가 와서 목재들을 실어 간다는 것이었다. 그 기간 내내 나폴레옹은 겉으로는 필킹턴과 좋은 관계를 유지하는 척하면서 은밀하게 프레더릭과 협상을 해온 것이다.

폭스우드와의 모든 관계는 파기되었고 필킹턴에게 모욕적인 메시지가 전달되었다. 비둘기들에게는 프레더릭의 핀치필드 농장에는 얼씬도 하지 말라는 명령과 함께 '프레더릭에게 죽음을!'이라는 구호를 '필킹턴에게 죽음을!'이라는 구호로 바꾸라는 명령이 떨어졌다. 동시에 나폴레옹은 동물 농장에 대한 공격이 임박해 있다는 이야기는 완전히 그릇되었으며 프레더릭이 동물들에게 잔혹한 행위를 했다는 소문도 지나치게 과장된 것이라고 확언했다. 그 모든 소문은 분명히 스노우볼과 그의 첩자들이 날조해냈으리라는 것이었다. 또한 스노우볼이 핀치필드 농장에 몸을 숨기고 있다는 것도 사실이 아니며 그는 생전에 단 한 번도 그곳에 가 본 적이 없음이 밝혀졌다는 것이었다. 들리는 바에 의하면 그는 폭스우드에서 호화롭게 지내고 있으며 실제로 지난 몇 년간 필킹턴의 식객으로 지냈다는 것이었다.

돼지들은 나폴레옹의 기막힌 전략에 황홀해했다. 필킹턴과 우호적인 관계를 맺는 척하면서 프레더릭이 목재 가격을 12파운드 올려 부를 수밖에 없게 만든 것이었다. "하지만 나폴레옹 지도자 동지의 가장 뛰어난 점은," 스퀼러가 말했다. "실제로는 그 누구도, 심지어 프레더릭까지도 전적으로 믿지 않는 데 있소." 프레더릭은 종이쪽지에 지불 약속을 끼적거려 놓은 이른바 수표라는 것을 목재 판매 대금으로 지불하려 했다. 하지만 나폴레옹은 그보다 훨씬 더 현명했다. 나폴레옹은 대금을 5파운드짜리 현찰로 지불해 달라고, 그것도 목재를 실어 나르기 전에 미리 달라고 했다. 그리고 프레더릭은 이미 대금을 완불

했다. 그가 지불한 대금은 풍차 완성에 필요한 기계류를 사들이기에 충분한 금액이었다.

그 사이 목재는 빠르게 운반되어 나갔다. 목재가 모두 실려 나가자 모든 동물을 소집한 특별집회가 헛간에서 열렸다. 프레더릭이 지불한 지폐를 조사하기 위해서였다. 두 개의 훈장을 단 나폴레옹이 흐뭇한 미소를 지으며 연단 위 짚으로 만든 침대에 몸을 눕히다시피 편하게 앉아 있었고 그 옆에는 농가 부엌에서 가져온 도자기 접시 위에 지폐가 산뜻하게 쌓여 있었다. 동물들은 천천히 줄지어 그 앞을 지나가며 눈으로 그 돈을 실컷 음미했다. 복서는 코를 들이대고 킁킁 지폐 냄새를 맡았고 그의 숨결에 얇고 흰 종이쪽지가 살랑거리며 떨렸다.

사흘 후 무시무시한 소동이 벌어졌다. 사색이 된 윔퍼가 자전거를 타고 길을 달려오더니 자전거를 마당에 내동댕이친 채 곧장 농가로 뛰어 들어갔다. 이어서 분노에 찬 울부짖음이 나폴레옹의 처소에서 터져 나왔다. 이 사건에 관한 소식이 순식간에 불길처럼 농장 전체에 퍼졌다. 지폐가 위조지폐였던 것이다! 프레더릭이 목재를 공짜로 가져간 것이다!

나폴레옹은 즉시 동물들을 소집하고는 무시무시한 목소리로 프레더릭에게 사형선고를 내렸다. 그를 잡으면 산 채로 끓는

물에 넘어버릴 것이며, 이런 배신행위로 인해 초래될 최악의 상황에 대비해야 할 것이라고 경고했다. 프레더릭과 그의 일꾼들이 오랫동안 획책해온 공격을 언제라도 감행할 것이라는 경고였다. 농장으로의 접근이 가능한 모든 곳에 보초가 배치되었다. 그리고 비둘기들을 화해의 메시지와 함께 폭스우드로 파견해 필킹턴과의 우호 관계 회복을 희망한다는 뜻을 전했다.

바로 다음 날 아침 공격이 개시되었다. 동물들이 아침 식사를 하고 있을 때 감시를 맡은 동물들이 달려와 프레더릭과 그의 일꾼들이 이미 다섯 개의 빗장이 달린 문을 통과하고 있다는 소식을 전했다. 동물들은 용감하게 그들과 맞섰다. 하지만 이번에는 '외양간 전투'에서처럼 쉽게 승리를 거두지 못했다. 적들은 모두 열다섯 명이었고 총을 여섯 자루나 지니고 있었다. 그들은 50미터 이내의 거리까지 접근해오자 사격을 개시했다. 동물들은 무시무시한 총성과 날카로운 산탄 총알에 맞설 수 없었다. 그들을 규합하려는 나폴레옹과 복서의 노력에도 불구하고 동물들은 곧바로 후퇴하기 시작했다. 이미 상당수가 부상을 입었다. 그들은 농장 건물로 피신하여 벽의 갈라진 틈과 구멍을 통해 조심스럽게 밖을 내다보았다. 풍차를 비롯해 거대한 목장이 이미 적의 수중에 넘어가 있었다. 잠시 나폴레옹조차도 어쩔 줄 몰라 하는 것 같았다. 그는 빳빳이 세운 꼬리를 흔들면서 말없이 왔다 갔다 했다. 그는 무언가 생각에 잠긴 시선을 폭스우드 쪽으로 향했다. 필킹턴과 그의 일꾼들이 그들을 도와준다면 승리를 거둘 수도 있을 것 같았다. 바로 그 순간 전날 파견했던 네 마리의 비둘기들이 돌아왔다. 그중 한 마리가 필킹턴이 보낸 종이쪽지를 지니고 있었다. 그 종이에는 이런 문구가 휘갈겨져 있었다.

'꼴좋다!'

한편 프레더릭과 일꾼들은 풍차 근처에서 멈추었다. 동물들은 그들을 바라보며 절망의 탄식을 내뱉었다. 두 명의 사내가 쇠지레와 커다란 망치를 꺼냈다. 풍차를 두드려 부수려는 것 같았다.

"안 될 거다!" 나폴레옹이 외쳤다. "저런 사태에 대비해서 벽을 두껍게 만든 거다. 일주일이 걸려도 풍차를 부수지 못할 것이다. 자, 동무들, 힘내라!"

하지만 벤저민만은 인간들의 행동을 유심히 살펴보고 있었다. 망치와 쇠지레를 든 두 명의 사내가 풍차 아랫부분에 구멍을 뚫고 있었다. 벤저민은 아주 천천히, 거의 유쾌한 표정까지 지으며 긴 콧등을 끄덕였다.

"내 그럴 줄 알았지." 그가 말했다. "저들이 무슨 짓을 하고 있는지 모르겠소? 조금 있으면 저 구멍에 폭약을 넣을 거요."

동물들은 겁에 질린 채 기다렸다. 이제 숨어있는 곳으로부터 밖으로 나가는 것은 불가능했다. 몇 분 후 인간들이 사방으로 흩어져 달려가는 모습이 보였다. 이어서 귀청이 떨어질 정도로 큰 폭음이 울렸다. 비둘기들이 하늘로 날아올랐고 나폴레옹을 제외한 모든 동물이 납작 배를 깔고 엎드려 얼굴을 묻었다. 그들이 다시 몸을 일으켰을 때 풍차가 있던 곳에서 거대한 검은 연기가 마치 구름처럼 피어오르고 있었다. 불어오는 바람에 연기는 곧 흩어져 사라졌다. 풍차가 없어져 버렸다!

그 광경을 보고 동물들이 용기를 되찾았다. 방금 전 그들을 사로잡고 있던 두려움과 절망이 인간들의 사악하고 비열한 행동에 대한 분노 속으로 가라앉아 버렸다. 그들은 명령을 기다리지도 않고 힘찬 복수의 함성과 함께 한 몸이 되어 적을 향해 곧장 돌진했다. 이번에는 우박처럼 쏟아지는 잔인한 총알도 아랑곳하지 않았다. 연이어 총을 발사했음에도 동물들이 그들 가까이 오자 인간들은 몽둥이를 휘두르고 묵직한 구둣발로 발길질을 해댔다. 암소 한 마리, 양 세 마리, 거위 두 마리가 살해되었고 거의 모든 동물이 부상을 입었다. 뒤에서 전투를 지휘하고 있던 나폴레옹마저도 꼬리 끝이 총알에 맞아 잘려 나갔다. 그러나 인간들도 부상을 입기는 마찬가지였다. 세 명의 인간이 복서의 발굽에 맞아 머리가 터졌고 다른 한 명은 암소의 뿔에 받혀 배에서 피를 흘리고 있었으며 다른 한 명은 제시와 블루벨에게 바지를 거의 다 찢겼다. 제시와 블루벨의 자식들이자 나폴레옹의 경호를 맡고 있는 아홉 마리의 개들이 나폴레옹의 지시로 울타리 쪽으로 돌아가 잠복해 있다가 갑자기 인간들의 측면에서 나타나 사납게 짖어대자 인간들은 공포에 사로잡혔다. 그들은 자신들이 포위당할 위험에 처해 있음을 알았다. 프레더릭은 일꾼들에게 틈 있는 대로 도망치라고 외쳤고 비겁한 적들은 즉시 걸음아 날 살려라, 도망치기 시작했다. 동물들은 그들을 들판 끝까지 추격했고 그들이 가시나무 울타리를 통해 겨우 빠져나갈 때 마지막으로 몇 번 더 걷어찼다.

동물들은 승리했다. 그러나 지쳐 있었고 피를 흘리고 있었다. 그들은 절뚝거리며 농장을 향해 천천히 돌아오기 시작했다. 전사해서 풀밭에 누워 있는 동료들의 모습이 보이자 몇몇은 가슴이 뭉클해서 눈물을 흘렸다. 그리고 그들은 풍차가 서 있던 자리에 잠시 멈춰서서 슬픈 침묵에 휩싸여 있었다. 그렇다, 그것이 사라져 버렸다! 심지어 토대까지도 대부분 파괴되어 있었다. 그것을 다시 세운다 해도 전처럼 무너진 돌들을 그대로 사용할 수도 없었다. 이번에는 돌들마저 사라져 버린 것이다. 폭발력에 돌들은 수백 미터나 멀리 날아가 버렸다. 아예 그 자리에 풍차가 없었던 것과 마찬가지였다.

그들이 농장 가까이 갔을 때, 무슨 연유에서인지 전투에 참여하지 않았던 스퀼러가 그들을 향해 종종걸음으로 뛰어왔다. 그는 꼬리를 흔들고 있었으며 얼굴은 만족감으로 빛나고 있었다. 이어서 농장 건물 쪽에서 장엄한 총소리가 들려왔다.

"웬 총소리요?" 복서가 물었다.

"승전 축포!" 스퀼러가 외쳤다.

"무슨 승리란 말이오?" 복서가 말했다. 그의 무릎에서 피가 흐르고 있었다. 그는 편자 하나를 잃었으며 발굽이 찢겨 있었고 열두 개의 산탄 총알이 뒷다리에 박혀 있었다.

"동무, 무슨 승리라니? 적들을 우리 땅에서 몰아내지 않았소? 동물 농장의 신성한 땅으로부터!"

"하지만 놈들은 풍차를 파괴했소. 2년 동안의 노동으로 만든 걸 말이오!"

"그게 무슨 대수로운 일이오? 다른 풍차를 세우면 될 것 아니오. 우리는 내키기만 하면 여섯 개의 풍차를 세울 수도 있소.

동무, 동무는 우리가 이룩한 위대한 업적을 인정하지 않는 거요? 적은 지금 우리가 서 있는 바로 이 땅을 점령했었소. 그리고 이제—위대하신 영도자 나폴레옹 동지 덕분에—한 치의 땅도 남김없이 되찾았단 말이오."

"그거야 우리가 전에 가졌던 것을 되찾은 것 아니오?" 복서가 말했다.

"그게 바로 우리의 승리요." 스퀼러가 말했다.

그들은 절룩거리며 마당으로 들어섰다. 복서는 살갗 속으로 파고든 산탄 총알 때문에 다리가 고통스러울 정도로 욱신거렸다. 하지만 그는 풍차를 기초부터 다시 건설한다는 힘겨운 노동을 눈앞에 그리고 있었고 이미 상상 속에서 그 과업을 떠맡기로 단단히 마음을 다잡고 있었다. 그러나 그는 자신이 이제 11살이나 되었으며 그 거대한 근육도 전과 같지 않다는 것을 생전 처음으로 깨달았다.

하지만 푸른 깃발이 펄럭이며 축포가 다시 터지는 소리를 듣자,—축포는 모두 일곱 발이 발사되었다—이어서 그들의 행동을 칭찬하는 나폴레옹의 연설을 듣자 그들은 어쨌든 위대한 승리를 거둔 것처럼 느껴졌다. 전투에서 목숨을 잃은 동물들에게는 엄숙한 장례식을 치러주었다. 복서와 클로버가 영구차로 사용된 마차를 끌었고 나폴레옹 자신이 행렬 맨 앞에서 걸어 갔다. 꼬박 이틀 동안 승리 축하연이 벌어졌다. 노래와 연설과 또 다른 축포가 이어졌으며 모든 동물에게 사과 한 알이, 가금 류 한 마리당 60그램의 옥수수가, 개 한 마리당 세 개의 비스킷 이 특별 선물로 주어졌다. 이 전투는 '풍차 전투'라고 불릴 것이 라고 선포되었고 나폴레옹은 '녹기(綠旗) 훈장'을 새로 제정하고 자신에게 그 훈장을 수여했다. 모두가 희희낙락한 가운데 위조 지폐 사건은 잊히고 말았다.

그로부터 며칠 후 돼지들은 농가 지하실에서 우연히 위스키 한 상자를 발견했다. 처음 집을 차지했을 때 간과한 것이었다. 바로 그날 밤 농가에서는 커다란 노랫소리가 울려 퍼졌다. 그 리고 놀랍게도 노래 중에는 〈영국의 동물들〉이 간간이 섞여 나 왔다. 아홉 시 반쯤 되었을 때였다. 나폴레옹이 존스 씨의 낡은 중절모자를 쓴 채 뒷문으로 나와서 급히 마당을 한 바퀴 빙 달 린 다음 다시 안으로 사라지는 모습이 분명히 목격되었다. 하 지만 아침이 되자 농가는 정적에 휩싸여 있었다. 돼지 한 마리 얼씬거리지 않았다. 아홉 시 가까이 되었을 때 스퀼러가 모습 을 보였다. 그는 천천히 힘없는 걸음을 옮기고 있었다. 눈이 풀 리고 꼬리를 축 늘어뜨린 모습이 어디로 보나 중병에 걸린 것 같았다. 그는 동물들을 불러 모으더니 무서운 소식을 전하겠다고 말했다. 나폴레옹 동지가 죽어간다는 것이었다!

비탄의 고함이 터져 나왔다. 동물들은 농가 바깥에 짚을 깔아놓고 발끝으로 걸어 다녔다. 그들은 눈물이 글썽한 채 지도자 동지가 그들로부터 떠나 버린다면 자기들이 어떻게 될 것인지 서로 물으며 걱정했다. 어떤 방법을 썼는지 모르겠지만 스노우볼이 나폴레옹의 음식에 독을 넣었다는 소문이 떠돌았다. 11시가 되자 스퀼러가 밖으로 나와 또 다른 발표를 했다. 나폴레옹 동지가 마지막 유언처럼 엄숙한 포고를 내렸다는 것이었다. 그 포고는 '술을 마시는 자는 사형에 처한다'는 것이었다.

그러나 저녁때가 되자 나폴레옹은 좀 나아진 것 같았고 다음 날 아침에 스퀼러가 동물들에게 그가 회복 중이라는 소식을 전해줄 수 있었다. 그날 저녁 나폴레옹은 업무로 복귀했고 그다음 날에는 윔퍼를 시켜 윌링던에서 맥주와 양주 주조법에 관한 몇 권의 소책자를 사들였다는 사실이 알려졌다. 일주일 후 나폴레옹은 과수원 너머의 작은 방목장을—애당초 은퇴한 동물의 휴양 장소로 쓸 예정이었다—갈아엎으라고 지시했다. 풀이 다 말라버렸으니 씨를 새로 뿌려야 한다는 명분이었다. 하지만 나폴레옹이 그곳에 보리를 심으려 한다는 사실이 곧 밝혀졌다.

그즈음 누구도 이해하기 어려운 이상한 일이 벌어졌다. 어느 날 밤 자정에 마당에서 뭔가 우지끈하는 요란한 소리가 들려 동물들이 우르르 밖으로 나왔다. 달이 밝게 떠 있는 밤이었다. 7계명이 적혀있는 커다란 헛간 끝 벽 아래 사다리가 두 동강이 난 채 널브러져 있었다. 잠시 기절했는지 스퀼러가 그 옆에 쭉 뻗어 있었다. 가까운 곳에 등불과 페인트 붓, 그리고 하얀 페인트 통이 엎어져 있었다. 개들이 재빨리 스퀼러를 둘러쌌고 그가 겨우 걸을 수 있게 되자마자 농가까지 그를 호위했다. 동물들은 무슨 영문인지 도무지 알 수 없었다. 오직 뭔가 알았다는 듯 주둥이를 끄덕이고 있는 벤저민만이 사태를 이해한 것 같았다. 하지만 그는 단 한마디도 하려 하지 않았다.

그러나 며칠 후 뮤리엘은 혼자서 7계명을 읽어가다가 동물들이 잘못 기억하고 있는 또 하나의 구절이 있는 것을 발견했다. 동물들은 제5 계명이 '어느 동물도 술을 마셔서는 안 된다'라고 기억하고 있었지만 그들은 한 단어를 잊고 있었다. 실제로 제5 계명은 다음과 같았다.

'그 어떤 동물도 *과하게* 술을 마셔서는 안 된다.'

제8장

123

제9장

복서의 갈라진 발굽이 아무는 데는 오랜 시간이 걸렸다. 동물들은 승전 축하연이 끝난 다음 날 바로 풍차 재건설에 착수했다. 복서는 단 하루도 일을 쉬는 것을 거부했으며 자신의 아픈 모습을 남에게 보이지 않는 것을 명예로 삼았다. 그는 저녁이면 발굽이 몹시 아프다고 클로버에게 은밀하게 털어놓곤 했다. 클로버는 자기가 씹어서 만든 약초를 발굽에 발라주었고, 그녀와 벤저민은 복서에게 너무 열심히 일하지 말라고 다그쳤다. 그녀는 "말 허파라고 해서 영원한 건 아니에요"라고 말했다. 하지만 복서는 귀담아들으려 하지 않았다. 그는 자신에게 남아 있는 단 한 가지 진정한 야심이란 자신이 정년퇴직하기 전에 풍차가 제대로 돌아가는 모습을 보는 것이라고 말했다.

동물 농장의 법률이 처음으로 제정된 초기에 말과 돼지의 정년은 열두 살, 암소는 열네 살, 개는 아홉 살, 양은 일곱 살, 암탉과 거위는 다섯 살로 정해졌다. 그리고 넉넉한 노후 연금도 책정되었다. 하지만 아직 퇴직해서 연금을 받아본 동물은 없었고 이 문제는 최근 자주 동물들 입에 올랐다. 과수원 너머의 작은 들판에 보리를 심기로 결정했으니 넓은 목장 한쪽에 울타리를 치고 노후 동물들을 위한 목초지로 만들 것이라는 소문이 퍼졌다. 말에게는 연금으로 매일 2킬로그램의 옥수수를 줄 것이며 겨울에는 7킬로그램의 건초를, 공휴일에는 당근 한 개나 가능하다면 사과 한 개를 줄 것이라는 이야기도 오갔다. 복서의 열두 번째 생일은 다음 해 늦여름이었다.

　　그사이 동물들의 생활은 고달팠다. 겨울은 지난해만큼 혹독하게 추웠고 식량은 더욱 부족했다. 돼지들과 개들을 제외하고 다시 한번 식량 배급량이 줄었다. 스퀼러는 식량을 지나치게 평등하게 지급하는 것은 동물주의의 원칙에 어긋난다고 말했다. 그는 어떤 경우에도, 겉모습이야 어떻건 실제로 식량은 부족하지 않다는 것을 어렵지 않게 동물들에게 증명할 수 있었다. 얼마 동안 식량 배급을 재조정—스퀼러는 언제나 재조정이라고 말했지, 결코 삭감이라고는 말하지 않았다—할 분명한

요인이 발견되었지만 존스 시절과 비교한다면 엄청나게 개선되었다는 것이었다. 그는 째지는 듯한 목소리로 황급히 통계를 읽어가며 동물들이 존스 시절보다는 더 많은 귀리, 더 많은 건초, 더 많은 순무를 받게 되었다고, 그때보다 노동시간도 줄었고 더 질 좋은 물을 마시게 되었다고, 수명도 늘어났고 유아 사망률도 현저하게 줄었다고, 우리 안의 짚이 더 많아졌으며 벼룩에게도 덜 시달리게 되었다고 동물들에게 상세하게 증명해 보였다. 동물들은 그의 말을 곧이곧대로 믿었다. 사실대로 말하자면 존스나 그와 관련되는 모든 것들이 그들의 기억에서 사라져 버린 것이다. 그들이 알고 있는 것이라고는 오늘날 삶이 고달프고 헐벗어 있다는 것, 자주 배가 고프고 춥다는 것, 잠을 자지 않을 때는 늘 일을 해야만 한다는 것뿐이었다. 하지만 옛날에는 이보다 더 나빴다는 것은 의심의 여지가 없었다. 그들은 기꺼이 그렇다고 믿었다. 게다가 옛날에는 노예 상태였지만 지금은 자유롭다, 바로 거기에 중요한 차이가 있다는 사실을 스퀼러는 놓치지 않고 지적했다.

이제는 부양해야 할 식구도 많이 늘었다. 가을에 네 마리의 암퇘지가 거의 동시에 해산해서 새끼 돼지 서른한 마리가 태어났다. 새끼들은 모두 얼룩이었다. 이 농장에서 나폴레옹만이 유일한 수돼지였으므로 혈통은 능히 짐작할 만했다. 훗날 벽돌과 목재를 구입해서 농가 정원에 교실을 세우겠다는 계획이 발표되었다. 당분간은 나폴레옹이 몸소 농가 부엌에서 돼지 새끼들을 교육했다. 돼지 새끼들은 정원에서 운동을 했고 다른 새끼 동물들과 어울려 노는 것은 금지되었다. 이즈음 돼지와 다른 동물이 길에서 마주치면 다른 동물은 길을 비켜야 한다는 법령이 제정되었고 모든 돼지는 지위 고하를 막론하고 일요일에는 꼬리에 녹색 리본을 달 수 있는 특권을 지닌다는 법령이 통과되었다.

농장은 꽤 괜찮은 수확을 했지만 여전히 현금은 부족했다. 교실을 짓기 위해 벽돌과 모래와 석회를 사들여야 했고 풍차 기계를 사들이기 위해 다시 저축을 시작할 필요가 있었다. 그리고 농가에서 쓸 등잔 기름, 양초가 필요했고 나폴레옹의 식탁에 올려놓을 설탕—나폴레옹은 설탕을 먹으면 살이 찐다는 이유로 다른 돼지들에게는 설탕을 금했다—도 필요했으며 연장, 못, 끈, 석탄, 철사, 쇳조각 같은 일용품들도 수시로 보충해야 했고 개가 먹을 비스킷도 필요했다. 그들은 건초 한 더미와 수확한 감자 일부를 팔았고 달걀 판매 계약량도 일주일에 600개로 늘렸다. 그 때문에 암탉들은 닭들의 숫자를 평년 수준

제9장

으로 유지할 정도의 병아리만 부화했다. 12월에 감량된 식량이 2월에 다시 감량되었고 기름을 절약하기 위해 외양간에 등불을 밝히는 것이 금지되었다. 하지만 돼지들은 안락해 보였고 실제로 오히려 체중이 늘고 있었다.

2월 말 어느 날 오후, 동물들이 이전에는 한 번도 맡아본 적이 없는 강렬하고 짙으면서 식욕을 자극하는 냄새가 마당을 건너 풍겨왔다. 존스 시절에는 사용한 적이 없던, 부엌 뒤의 작은 양조장에서 풍겨오는 냄새였다. 누군가 보리를 삶는 냄새라고 말했다. 동물들은 게걸스럽게 냄새를 맡으며 혹시 따뜻한 여물이 저녁 식사로 나올 것인지 궁금해했다. 하지만 따뜻한 여물은 나타나지 않았다. 대신 이제부터 모든 보리는 돼지들에게만 배분된다는 발표가 다음 주 일요일에 있었다. 과수원 너머 들판에는 이미 보리를 파종해 놓은 터였다. 이어서 모든 돼지는 각자 매일 500cc의 맥주를 배급받고 나폴레옹 자신은 매일 4리터를 받아서 고급 수프 그릇에 담아 놓는다는 소식이 흘러나왔다.

하지만 비록 그렇게 고달픈 삶을 감내해야 했지만 요즘의 생활이 이전보다는 훨씬 위엄이 있다는 사실로 그 고단함이 어느 정도 상쇄되었다. 노래도 많았고 연설도 많았으며 행진도 많았다. 나폴레옹은 일주일에 한 번씩 '자발적 시위'를 벌여야 한다고 명령했다. 동물 농장의 투쟁과 승리를 기념하기 위해서라는 것이었다. 정해진 시각이 되면 동물들은 일손을 놓고 농장 경내를 마치 군대처럼 행진하며 빙빙 돌아야 했다. 행렬의 선두는 돼지들이었고 말, 암소, 양, 닭의 순서로 뒤를 따랐다. 개들이 행렬의 측면에 자리 잡아 행진했고 행렬의 선두에는 나폴레옹의 검은 수평아리가 행진했다. 복서와 클로버는 언제나 그들 사이에서 말굽과 뿔이 그려져 있고 '나폴레옹 동지 만세!'라는 글이 적힌 녹기(綠旗)를 들고 있었다. 이어서 나폴레옹을 찬양하는 시가 낭송되고 스퀼러가 나서서 일장 연설을 하면서 최근의 곡물 생산량 증가에 대해 발표했고 때로는 예포(禮砲)를 쏘기도 했다. 양들은 '자발적 시위'의 대단한 열성파로서 누군가 공연히 추위에 떨게 만들면서 시간만 낭비하고 있다고 불평이라도 하면—실제로 돼지나 개가 곁에 없으면 가끔 불평을 털어놓는 짐승들도 있었다—양들은 어김없이 큰 소리로 '네 다리는 좋고 두 다리는 나쁘다!'고 외쳐서 그 입을 막아버렸다. 하지만 대체로 동물들은 이 의식을 좋아했다. 그들은 이 행사를 통해 어쨌든 자신이 진정한 주인이라는 사실, 자기들이 하는 일의 혜택은 바로 자기 자신에게 돌아온다는 사실을 다시 상기하면

제9장

129

서 즐거워했다. 그들은 노래, 행진, 스퀼러가 늘어놓는 통계, 예포 소리, 수평아리들의 꼬꼬댁거리는 소리와 펄럭이는 깃발로 인해 적어도 잠시나마 자신들의 배가 텅 비었다는 사실을 잊을 수 있었다.

4월에 동물 농장은 공화국임을 선포했기에 대통령을 뽑을 필요가 있었다. 입후보자는 나폴레옹 혼자였고 만장일치로 당선되었다. 같은 날 스노우볼과 존스의 공모를 상세하게 밝혀줄 수 있는 새로운 자료들이 발견되었다는 발표가 있었다. 그 자료에 의하면 스노우볼은 전에 동물들이 상상했듯 단순히 '외양간 전투'의 패배만을 획책한 것이 아니었다. 그는 아예 존스 편에 붙어서 싸움을 했다는 것이다. 실제로 그는 '인간 부대'의 지휘자였고 전투 중에 그 주둥아리로 '인간 만세'를 외쳤다는 것이다. 몇몇 동물이 아직 기억하고 있는 스노우볼의 등의 상처는 나폴레옹이 이빨로 물어뜯어서 생긴 것으로 밝혀졌다.

몇 년 동안 모습이 보이지 않던 갈까마귀 모제스가 한여름에 갑자기 농장에 나타났다. 그의 모습은 조금도 변하지 않았다. 여전히 일을 하지 않았으며 여전히 슈거캔디 마운틴에 대한 이야기를 읊조렸다. 그는 나무 그루터기에 앉아 검은 날개를 퍼덕이며 자기의 말에 귀를 기울이는 동물이라도 있으면 아무 때고 떠들어댔다.

"동무들, 저 위에는," 그는 커다란 부리로 하늘을 가리키며 근엄하게 말했다. "저 위, 지금 여러분 눈에 보이는 저 검은 구름 너머에 바로 슈거캔디 마운틴이 있소. 우리 불쌍한 동물들이 영원히 노동에서 벗어나 안식할 수 있는 행복의 나라라오." 심지어 그는 하늘 높이 날다가 한 번 그곳에 가 보았다고, 클로버가 들판에 지천으로 피어 있고 박하 케이크와 설탕 덩어리가 울타리에 주렁주렁 매달려 있는 모습을 본 적이 있다고 말했다. 많은 동물이 그를 믿었다. 그들은 자신의 삶이 춥고 고되다고 판단했다. 어딘가 더 나은 세상이 존재한다는 것이 옳으며 합당하지 않은가? 그런데 정말 판단하기 어려운 것은 모제스를 향한 돼지들의 태도였다. 돼지들은 슈거캔디 마운틴에 대한 모제스의 이야기가 거짓이라고 경멸적으로 선언했지만 그가 일하지 않은 채 농장에 머물게 해주었을 뿐 아니라 하루에 100cc의 맥주를 내주었다.

발굽이 아물자 복서는 전보다 더 열심히 일했다. 정말로 모든 동물이 그해에 노예처럼 일했다. 정상적인 농장 일과 풍차를 다시 건설하는 일 외에도 어린 돼지들을 위해 학교를 세우는 일이 더 있었다. 그 일은 3월에 시작되었다. 때로는 충분히

제9장

먹지도 못한 채 오랜 시간 일을 해야 한다는 것이 힘들기도 했지만 복서는 전혀 굽힘이 없었다. 그의 말이나 행동에는 그의 힘이 전과 같지 않다는 징조가 조금도 보이지 않았다. 약간 변한 것은 그의 외모뿐이었다. 그의 피부는 전보다 윤기가 덜 했으며 거대하던 궁둥이도 쪼그라든 것 같았다. 다른 동물들은 "봄철 새로운 풀이 돋으면 복서도 좋아질 거야"라고 말했지만 봄이 왔어도 복서의 몸은 야윈 그대로였다. 때로는 채석장 꼭대기로 이르는 언덕에서 거대한 돌덩이의 무게를 근육으로 버티고 있는 그의 모습을 보면 오로지 일을 계속하겠다는 의지만으로 두 다리를 버티고 있는 것 같았다. 그럴 때면 그의 입술 모양은 마치 "내가 좀 더 열심히 하지!"라고 말하는 것 같았다. 하지만 그는 그 소리를 결코 입 밖에 내지 않았다. 클로버와 벤저민이 다시 한번 그에게 건강을 돌보라고 주의를 주었지만 복서는 듣는 둥 마는 둥 했을 뿐이었다. 그의 열두 번째 생일이 다가오고 있었다. 그는 자신이 연금 생활을 하기 전까지 돌덩이가 충분히 쌓일 수만 있다면 무슨 일이 생기더라도 개의치 않았다.

그해 여름 어느 날 저녁, 복서에게 무슨 일이 생겼다는 소문이 농장에 급속히 확 퍼졌다. 그는 혼자 밖으로 나가 풍차까지 돌무더기를 끌어 내리는 일을 하고 있었다. 그리고, 정말이지, 소문은 사실이었다. 몇 분 후 두 마리의 비둘기가 급히 날아와 소식을 전했다.

"복서가 넘어졌어요! 옆으로 쓰러져서 일어나지 못하고 있어요!"

농장의 동물 중 거의 절반쯤이 풍차가 서 있는 언덕으로 달려갔다. 복서는 목을 뻗은 채 수레의 채 사이에 누워 있었다. 그는 고개도 들지 못했으며 눈은 흐릿했고 옆구리는 땀에 젖어 있었다. 가느다란 핏줄기가 입에서 흘러나오고 있었다. 클로버는 복서 옆에 무릎을 꿇고 앉았다.

"복서!" 그녀가 외쳤다. "괜찮은 거예요?"

"폐를……" 그가 힘없이 말했다. "그런 건 괜찮소. 내가 없더라도 여러분이 풍차를 끝낼 수 있을 거요. 돌을 제법 쌓아놓았으니까. 어쨌든 내가 일할 날은 이제 한 달밖에 남지 않았소. 실은 나는 은퇴를 기다려 왔다오. 그리고 벤저민도 나이를 먹었으니 나와 함께 은퇴시켜서 둘이 함께 지낼 수 있게 해주겠지."

"얼른 손을 써야겠어요." 클로버가 말했다. "누군가 얼른 스퀼러에게로 가서 이 일에 대해 이야기해요."

다른 동물들이 모두 스퀼러에게 소식을 전하기 위해 농가로 달려갔고 클로버와 벤저민만 남았다. 벤저민은 복서 옆에 앉아

제9장

133

말 한마디 없이 긴 꼬리로 파리를 쫓아주었다. 15분 정도 지났을 때 스퀄러가 동정과 근심이 가득 서린 얼굴로 나타났다. 그는 나폴레옹 동지가, 이 농장에서 가장 충실한 노동자에게 벌어진 이 불행한 소식을 듣고 깊은 상심에 빠졌으며 복서가 윌링던의 병원에서 치료를 받을 수 있도록 이미 조치를 취하고 있다고 말했다. 동물들은 그 말을 듣고 약간 심기가 불편했다. 몰리와 스노우볼을 제외하고는 아무도 이 농장 밖으로 나가본 적이 없는 데다가 병든 자기 동무를 인간의 손에 맡긴다는 게 썩 내키지 않았기 때문이었다. 하지만 스퀄러는 윌링던의 유능한 수의사가 이 농장에서 할 수 있는 것보다 훨씬 더 만족스럽게 복서를 치료할 수 있을 것이라고 쉽게 동물들을 설득했다. 이어서 약 30분 후 어느 정도 기운을 차린 복서는 간신히 발을 딛고 일어나서 자신의 우리를 향해 절뚝거리며 걸어갔다. 클로버와 벤저민은 복서가 누울 훌륭한 짚 침대를 그곳에 미리 준비해 놓았다.

이어지는 이틀 동안 복서는 자신의 우리 안에 남아 있었다. 돼지들이 목욕탕 약장(藥欌)에서 찾아낸 커다란 분홍색 약 한 병을 보냈고 클로버는 하루에 식후 두 번 그 약을 복서에게 복용시켰다. 저녁이면 클로버는 복서의 우리에 누워 그에게 말을 걸었고 벤저민은 파리를 쫓아주었다. 복서는 자기에게 벌어진 일을 딱하게 생각하지 말라고 그들에게 말했다. 그는 몸이 회복되면 3년 정도 더 살 수 있으리라고, 큰 목장 한구석에서 평화로운 나날들을 보낼 수 있으리라고 기대하고 있었다. 생전 처음으로 공부하면서 마음을 닦을 여가를 가지게 되리라. 그는 자신의 여생을 알파벳의 나머지 스물두 글자를 익히는 데 바칠 생각이라고 말했다.

벤저민과 클로버는 일과 시간 후에야 복서와 함께 있을 수 있었다. 그런데 한낮에 대형마차가 와서 복서를 데리고 갔다. 동물들이 모두 돼지의 감독하에 순무밭에서 잡초를 뽑고 있을 때 벤저민이 농장 건물 쪽에서 뛰어오며 고함을 지르는 것을 보고 모두 깜짝 놀랐다. 그렇게 흥분한 벤저민의 모습을 보는 것은 처음이었고 실제로 그가 달리는 모습을 본 것도 처음이었다.

"자, 어서!" 그가 외쳤다. "빨리 와! 복서를 데려가고 있어!"

동물들은 돼지의 명령도 기다리지 않고 일을 팽개친 채 농장 건물로 달려갔다. 정말로 마당에 두 마리의 말이 끄는 커다란 포장마차가 서 있었다. 포장 옆에는 무슨 글씨가 쓰여 있었으며 마부석에는 낮은 중절모를 쓴 교활하게 생긴 남자가 앉아 있었다. 복서의 우리는 텅 비어 있었다.

동물들이 마차를 둘러쌌다. "잘 가요, 복서!" 그들이 한목소리로 말했다. "잘 가요!"

"이런 바보들! 이런 멍청한 놈들!" 벤저민이 뒷발로 경중경중 동물들 주변을 뛰어다니면서, 작은 발굽을 동동 구르며 외쳤다. "이 바보들아! 저 마차 옆에 쓰인 글씨가 안 보이냐?"

그 말을 듣고 동물들은 입을 다물었다. 침묵이 흘렀다. 뮤리엘이 글자를 읽어나가기 시작했다. 그러나 벤저민이 그녀를 옆으로 밀쳐내고 죽은 듯한 침묵 가운데 그 글자를 읽었다.

"'알프레드 시몬즈, 말 도살 및 아교 제조업. 윌링던, 동물 가죽 및 골분(骨粉) 매매. 개집 판매.' 이게 무슨 뜻인지 알아? 저들이 복서를 말 백정에게 넘기는 거라고!"

모든 동물로부터 공포의 외침이 터져 나왔다. 그 순간 마부석에 앉은 사내가 말들에게 채찍을 휘둘렀고 마차가 빠른 속도로 마당에서 빠져나가기 시작했다. 동물들이 목청껏 울부짖으며 그 뒤를 따랐다. 클로버가 동물들을 제치고 앞으로 나섰다. 마차는 속력을 냈다. 클로버는 힘차게 다리를 놀려 질주하더니 마차 가까이서 걸음을 늦추며 외쳤다. "복서! 복서! 복서!" 바로 그 순간 바깥에서 일고 있는 소동을 들은 듯 콧잔등에 흰 줄이 난 복서가 마차 뒤쪽 창문에 얼굴을 내밀었다.

"복서!" 클로버가 무서운 목소리로 부르짖었다. "복서! 나와요! 빨리 밖으로 나와요! 당신을 죽이려 해!"

모든 동물이 한목소리로 "나와요, 복서! 나와요!"라고 외쳤다. 하지만 마차는 한껏 속력을 내며 그들로부터 멀어져가기 시작했다. 복서가 클로버의 말을 이해했는지는 분명하지 않았다. 그러나 다음 순간 그의 얼굴이 창문에서 사라지더니 마차 안에서 쿵쿵하는 소리가 크게 들렸다. 그는 문을 발로 차며 밖으로 나오려 애쓰고 있었다. 복서가 몇 번 발로 차기만 하면 그 발굽으로 마차를 박살낼 수 있던 시절이 있었다. 오오, 그러나 애석하게도! 그 힘은 그에게서 사라지고 없었다. 잠시 후 쿵쿵거리는 소리가 희미해지더니 사라졌다. 절망에 빠진 동물들은 마차를 끌고 있는 두 마리의 말에게 마차를 멈춰달라고 호소하기 시작했다.

"동무들, 동무들!" 동물들이 외쳤다. "당신들 형제를 죽음으로 몰아가지 말아요!"

하지만 그 멍청한 짐승들은 무슨 일이 일어나고 있는지 깨닫지도 못한 채 귀를 뒤로 쫑긋 세우고 걸음을 재촉할 뿐이었다. 복서의 얼굴은 다시는 창에 나타나지 않았다. 누군가가 앞으로

제9장

137

달려가서 다섯 개의 빗장이 달린 문을 닫으려 했지만 이미 늦은 뒤였다. 마차는 이미 문을 통과했고 빠르게 길을 따라 사라졌다. 복서는 다시는 보이지 않았다.

사흘 뒤에 복서가 말이 받을 수 있는 온갖 치료를 다 받았음에도 불구하고 윌링던 병원에서 죽었다는 소식이 전해졌다. 스퀼러가 다른 동물들에게 그 소식을 전하러 왔다. 그는 자신이 복서의 임종을 지켜봤다고 말했다.

"정말로 감동적인 장면이었소. 그런 감동적인 장면은 본 적이 없소." 그가 앞다리를 들어 눈물을 훔치며 말했다. "그가 임종할 때까지 내가 침대 맡에 있었소. 말도 제대로 하지 못할 정도로 약해진 그가 내 귀에 대고 속삭였소. 오로지 풍차가 완성되기 전에 눈을 감는 것만이 슬플 뿐이라고. '전진합시다, 동무들!'이라고 그가 속삭였소. '봉기의 이름으로 전진합시다. 동물농장 만세! 나폴레옹 동지 만세! 나폴레옹은 언제나 옳다!'라고 속삭였소. 그것이 그의 마지막 말이었소, 동무들." 여기서 스퀼러의 태도가 갑자기 바뀌었다. 그는 잠시 입을 다물더니 의혹의 눈초리를 여기저기 보낸 후 다시 입을 열었다.

그는 복서가 떠나는 순간 멍청하고 악의에 찬 소문이 떠돌았다는 사실을 알고 있다고 말했다. 몇몇 동물들이 복서를 데려

간 마차에 '말 도살'이라고 쓰여 있는 것을 보고 복서가 말 백정에게 실려 간다고 비약적인 결론은 내린 것도 알고 있다고 그는 말했다.

"그렇게 어리석은 동물이 있다니 정말 믿을 수 없는 일이오"라고 그는 말했다. 그는 꼬리를 빳빳하게 세우고 이리저리 흔들며 정말로 그들의 위대한 영도자, 존경하는 영도자 나폴레옹 동지를 그 정도로밖에 생각하지 않느냐고 분개해서 외쳤다. 그의 설명은 아주 간단했다. 그 마차는 이전에 말 백정 소유였던 것을 수의사가 사들였고 이전 상호를 아직 페인트로 지우지 못했다는 것이었다. 오해가 생긴 것은 그 때문이라는 것이었다.

동물들은 그 말을 듣고 크게 안도했다. 이어서 복서가 임종할 때 누워 있던 침대, 그가 받은 훌륭한 치료, 비용은 아랑곳하지 않고 나폴레옹이 지불한 비싼 약값 등 세부 사항에 대해 스퀄러가 생생하게 설명하자 그들의 마지막 의혹도 사라졌고, 동무의 죽음으로 느낀 슬픔도 최소한 그가 행복하게 죽음을 맞았으리라는 생각에 가라앉았다.

나폴레옹은 다음 일요일 아침 회합에 몸소 나타나 복서를 찬양하는 짤막한 연설을 했다. 그는 애도하는 동무의 유해를 농장으로 가져와 묻는 것은 불가능했지만 대신 농가 정원의 월계

수로 커다란 화환을 만들어 복서의 무덤에 놓으라고 지시했다고 말했다. 그리고 며칠 내로 돼지들이 복서를 기리는 추모 연회를 열기로 했다는 것이었다. 나폴레옹은 복서가 좋아했던 두 격언, 즉 '내가 더 열심히 일하지'와 '나폴레옹 동지는 언제나 옳다'라는 두 격언을 상기시키면서, 모든 동물이 그 격언을 자기 것으로 삼으면 좋겠다는 말로 연설을 끝냈다.

추모 연회가 열리기로 예정된 날 윌링던으로부터 식료품상의 마차가 한 대 오더니 농가에 커다란 나무 상자를 내려놓았다. 그날 밤 농가에서는 떠들썩한 노랫소리가 들렸고 이어서 격하게 싸우는 소리가 들리더니 11시쯤 유리 깨지는 소리가 나면서 연회가 끝났다. 다음 날 정오 무렵까지 농가 안은 쥐 죽은 듯 조용했으며 돼지들이 어디서 돈이 생겼는지 위스키 한 상자를 사들였다는 이야기가 떠돌았다.

제10장

몇 년이 흘렀다. 계절이 여러 번 오갔고 명이 짧은 동물들은 세상을 떠났다. 이제 클로버와 벤저민, 그리고 갈까마귀 모제스와 몇 마리의 돼지만 제외하고는 '봉기' 전의 옛날에 대해 기억하는 동물은 아무도 없었다.

뮤리엘도 죽었고 블루벨과 제시, 그리고 핀처도 죽었다. 존스도 역시 죽었다. 그는 이 고장 다른 지역에 있는 알코올 중독자 수용소에서 죽었다. 스노우볼에 대한 기억도 사라졌고 복서에 대한 기억도 그를 알고 있던 몇몇 동물들을 제외하고는 모두에게서 사라졌다. 클로버는 이제 뚱뚱한 암말이 되어 관절이 뻣뻣해졌고 눈곱이 자주 끼었다. 그녀는 정년을 2년이나 넘겼어도 여전히 일하고 있었고 실제로 그 어떤 동물도 은퇴하지 않았다. 정년퇴직한 동물들을 위해 목장 한 귀퉁이를 할당한다는 이야기도 오래전에 사라져 버렸다. 나폴레옹은 이제 150킬로그램이나 나가는 장년기의 수퇘지가 되었다. 스퀼러도 너무 살이 쪄서 제대로 눈을 뜨기 힘들 정도였다. 다만 벤저민만이 콧등 쪽이 희끄무레해지고 복서가 죽은 뒤 이전보다 더 침울해지고 과묵해진 것 외에는 전과 별로 다름없었다.

비록 초기에 예상했던 만큼 증가하지는 않았지만 이제 농장에는 제법 많은 동물이 있었다. 이 농장에서 태어난 많은 동물에게 봉기는 오로지 입에서 입으로 전해지는 희미한 전통일 뿐이었고 다른 곳에서 팔려 온 동물들은 이곳에 도착하기 전까지는 그런 이야기를 들어본 적이 없었다. 농장에는 이제 클로버 외에도 세 마리의 말이 있었다. 늘씬하고 멋진 말들이었으며 자발적인 일꾼이었고 좋은 동료였지만 어리석기 짝이 없었다. 그들 중 누구도 알파벳의 B의 문턱을 넘어서지 못했다. 그들은 거의 핏줄처럼 존경하는 클로버로부터 전해 들은 봉기와 동물주의 원칙을 모두 믿었다. 하지만 그들이 그것을 이해했는지는 의심스러웠다.

농장은 이제 제법 번창했고 조직도 잘 되어있었다. 필킹턴 씨로부터 두 목초지를 사들여 면적도 확장되었다. 마침내 풍차도 완성되었고 농장은 탈곡기와 건초 운반기를 소유하게 되었으며 새로운 건물들도 여러 채 지었다. 변호사 윔퍼는 자기 소유의 이륜마차를 샀다. 하지만 풍차는 발전에 사용되지 않았다. 그것은 곡식을 빻는 데 사용되었으며 그로 인해 상당한 이윤을 남길 수 있었다. 동물들은 또 다른 풍차를 짓느라 열심히 일하고 있었다. 그것이 완공되면 발전기가 설치되리라는 이야기가 전해지고 있었다. 하지만 스노우볼이 꿈꾸게 했던 호사스러운 생활, 즉 전등과 냉·온수 공급, 일주일에 사흘 노동 같은 것에 대해서는 더 이상 아무 말도 없었다. 나폴레옹은 그런 생각은 동물주의 정신에 위배된다고 매도했다. 그는 진정한 행복이란 힘들여 일하고 검소하게 생활하는 데 있다고 말했다.

어쨌든 농장은 점점 부유해졌지만 동물들은—물론 돼지들과 개들은 빼고—조금도 부유해지는 것 같지 않았다. 아마도 부분적으로는 이곳에 돼지들과 개들 숫자가 많았기 때문인지 모른다. 그렇다고 이 동물들이 자기들 나름대로 일을 하지 않는 것은 아니었다. 스퀼러가 지치지도 않고 설명한 대로 그들은 농장의 관리와 조직을 위해 끊임없이 일했다. 그런 일의 대부분은 다른 동물들은 너무 무식해서 이해하기 어려운 일이었다. 예컨대, 돼지들은 '서류', '보고서', '각서'나 '비망록' 같은 신비스러운 일을 하느라 매일 엄청난 노동을 하고 있다고 스퀼러는 동물들에게 말했다. 글씨가 빽빽하게 들어찬 엄청난 분량의 종이 뭉치로서 그렇게 글씨로 다 채워진 다음에는 아궁이에 넣어 태워버렸다. 스퀼러는 그 일이 농장의 복지를 위해 더없이 중요한 일이라고 말했다. 그렇지만 그 어떤 돼지나 개도 자신의 노동으로 식량을 생산하는 일은 없었다. 그들 숫자는 아주 많았고 게다가 언제나 식욕이 왕성했다.

다른 동물들의 삶은 그들이 알고 있는 한 언제나 똑같았다. 대체로 배가 고팠고, 짚 위에서 잠을 잤으며 우물물을 마셨고 들판에서 일을 했다. 겨울이면 추위에 떨었고 여름이면 파리에 시달렸다. 몇몇 늙은 동물들은 어렴풋한 기억을 쥐어짜서 존스 추방 직후인 봉기 초기의 삶이 지금보다 나았는지 아니면 못했는지 판단해보려 애썼다. 하지만 기억할 수 없었다. 지금의 삶과 비교해볼 수 있는 자료도 전혀 없었다. 있는 자료라야 스퀼러가 내놓는 통계 목록뿐이었고 그 통계는 한결같이 매사 점점 더 좋아지고 있다는 증거를 나열하고 있었다. 동물들은 이 문제를 자신들이 해결할 수 없다는 것을 깨달았다. 게다가 그들에게는 그런 문제로 씨름할 시간이 거의 없었다. 오직 벤저민 영감만이 자신의 긴 생애를 샅샅이 다 기억하고 있다고, 상황이 더 좋아지거나 나빠진 적도 없었고 그럴 수도 없으리라고 공언했다. 그는 굶주림, 고난, 실망이 삶 불변의 법칙이라고 말했다.

하지만 동물들은 결코 희망을 포기하지 않았다. 더 나아가 그들은 자신이 동물 농장의 일원이라는 자부심과 특권의식을 한순간도 잃지 않았다. 그들은 그 지방에서—아니 영국 전체를 통틀어!—동물들이 소유하고 운영하는 유일한 농장이었다. 그들 중 그 누구도, 아주 젊은 동물들, 심지어 수십 킬로미터 떨어진 농장에서 새로 온 신참자들마저도 그 사실을 경이롭게 여겼다. 축포 소리를 듣고 녹색 깃발이 깃대 위에서 펄럭이는 모습을 볼 때마다 그들의 가슴은 끊임없이 자부심으로 부풀어 올랐다. 그럴 때면 그들의 화제는 영웅적인 옛 시절로, 존스를 축출하던 일, 7계명을 적어 넣던 일, 침입한 인간을 격퇴했던 일로 되돌아갔다. 그들은 옛날의 꿈을 단 하나도 포기하지 않았다. 메이저 영감이 예언한 그날, 영국의 들판이 인간의 발길에 짓밟히지 않는 동물 공화국이 세워질 그날이 오리라는 믿음을 그들은 여전히 간직하고 있었다. 그날이 언젠가는 오리라. 비록 지금 당장은 아닐지라도, 지금 살아 있는 동물들의 생애에 이루어지지 않더라도 그날은 지금 오고 있는 중이리라. 심지어

제10장

145

동물들은 여기저기서 〈영국의 동물들〉 가락을 남몰래 흥얼거리기도 했다. 그 누구도 감히 큰 소리로 그 노래를 부르지는 못했지만 어쨌든 농장의 모든 동물은 그 노래를 알고 있었다. 그들의 삶은 고달프고 그들의 희망은 전혀 성취되지 않았는지 모른다. 하지만 그들은 자신들이 다른 동물들과는 다르다는 것을 분명히 의식하고 있었다. 그들이 비록 배가 고프더라도 그것은 포악한 인간들을 먹여 살리느라 그렇게 된 것은 아니었다. 고된 노동을 하더라도 최소한 그 노동은 자신들을 위한 것이었다. 그들 중 그 누구도 두 다리로 걷지는 않았다. 그 어떤 동물도 다른 동물을 '주인님'이라고 부르지 않았다. 모든 동물은 평등했다.

이른 여름 어느 날이었다. 스퀼러가 양들에게 따라오라며 그들을 어린 자작나무들이 무성하게 자라고 있는 농장 끝의 황무지로 데리고 갔다. 양들은 스퀼러의 지도하에 온종일 어린잎을 먹으며 그곳에서 하루를 보냈다. 저녁이 되자 스퀼러는 농가로 돌아왔다. 하지만 그는 양들에게 날도 따뜻하니 그곳에서 지내라고 명령했다. 양들은 꼬박 일주일 동안 그곳에 머물렀고 그동안 다른 동물들은 양들의 모습을 볼 수 없었다. 스퀼러는 매일 대부분 시간을 그들과 함께 지냈다. 그는 양들에게 새로운 노래를 가르쳐주고 있다고, 무슨 노래인지는 당분간 비밀이라고 말했다.

양들이 돌아온 직후 어느 상쾌한 저녁 무렵이었다. 동물들이 일을 끝내고 농장 건물들을 향해 돌아오고 있었다. 바로 그때 무시무시한 말 울음소리가 마당에서 들려왔다. 클로버의 목소리였다. 그녀가 다시 울부짖었고 동물들은 모두 마당 쪽으로 달려갔다. 그리고 그들은 클로버가 목격한 장면을 볼 수 있었다.

돼지 한 마리가 뒷다리로 걷고 있었다!

그렇다, 그것은 스퀼러였다. 그런 자세로 그 육중한 몸집을 지탱하기 어려웠는지 약간 어색하게 뒤뚱거렸지만 그는 완벽하게 균형을 잡은 채 마당을 이리저리 거닐고 있었다. 잠시 뒤에 농가로부터 긴 돼지들의 행렬이 쏟아져 나왔다. 모두 뒷다리로 걷고 있었다. 다른 돼지들보다 잘 걷는 돼지도 있었고 지팡이라도 짚는 것이 낫겠다 싶을 정도로 불안하게 걷는 돼지도 한두 마리 있었지만 어쨌든 모두 마당을 한 바퀴 도는 데 성공했다. 그리고 마침내 무시무시한 개 짖는 소리와 검은 수평아리의 날카로운 울음소리가 들리더니 나폴레옹의 모습이 나타났다. 주위를 개들이 맴돌고 있는 가운데 그는 위엄 있는 자세로 꼿꼿이 서서 좌우를 오만하게 둘러보았다.

그는 앞다리에 채찍을 들고 있었다.

죽음 같은 정적이 감돌았다. 한데 모인 동물들은 놀라움과 공포에 사로잡힌 채 마당을 천천히 돌고 있는 돼지들의 긴 행렬을 바라보았다. 마치 세상이 뒤집힌 것 같았다. 충격이 어느 정도 가라앉자 개들에 대한 공포에도 불구하고, 무슨 일이 일어나도 절대로 불평하거나 비판하지 않는다는 오랫동안 길들여온 버릇에도 불구하고, 그 모든 것에도 불구하고 동물들은 몇 마디 항의의 말을 하려 했다. 그런데 바로 그 순간 마치 무슨 신호라도 받은 것처럼 양들이 입을 모아 무시무시하게 큰 소리로 외치기 시작했다.

"네 다리는 좋다, 두 다리는 더 좋다! 네 다리는 좋다, 두 다리는 더 좋다! 네 다리는 좋다, 두 다리는 더 좋다!"

양들은 5분 동안 쉬지 않고 외쳤다. 양들이 조용해졌을 때는 이미 항의할 기회를 놓쳐버린 뒤였다. 돼지들이 농가 안으로 들어가 버린 것이다.

벤저민은 누군가 그의 어깨에 코를 비비는 것을 느꼈다. 그는 고개를 돌렸다. 클로버였다. 그녀의 눈이 전보다 더 흐려진 것 같았다. 그녀는 아무 말 없이 그의 갈기를 잡아당겨 7계명이 적혀있는 큰 헛간 끝으로 그를 데리고 갔다. 그들은 타르 칠을 한 벽 위에 쓰인 하얀 글씨를 일이 분 정도 바라보았다.

"시력이 약해졌어요." 그녀가 말했다. "하긴 젊을 때도 저기 적힌 글씨를 읽을 줄 몰랐지만요. 그런데 벽이 달라진 것처럼 보이네요. 벤저민, 7계명은 전과 다름없나요?"

벤저민은 딱 한 번 자신의 규율을 깨뜨리기로 작정하고 벽에 적힌 글씨를 그녀에게 읽어주었다. 그곳에는 단 한 가지 계명 밖에는 적혀있지 않았다. 그 계명은 다음과 같았다.

모든 동물은 평등하다
그러나 어떤 동물은 다른 동물보다 더 평등하다

그런 일이 있은 다음 날 돼지들이 앞발에 채찍을 들고 농장 작업을 감독하고 있는 모습을 보아도 조금도 이상하지 않았다. 돼지들이 라디오를 구입했으며 전화기를 설치했고 「존불」, 「팃-빗」, 「데일리 미러」 등의 구독 신청을 해놓았다는 사실을 알았어도 이상하지 않았다. 나폴레옹이 입에 파이프를 물고 농장 정원을 산책하는 모습을 보아도, 심지어 돼지들이 옷장에서 존스 씨의 옷을 꺼내 입어도, 나폴레옹이 검은 코트와 사냥 바지를 입고 각반을 둘렀어도, 그가 귀여워하는 암돼지가 존스 부인이 일요일에 즐겨 입던 무늬 있는 비단옷을 입고 나타나도 이상해 보이지 않았다.

그로부터 일주일이 지난 어느 날 오후, 몇 대의 이륜마차가 농장 안으로 들어왔다. 이웃 농장 대표단이 농장 시찰 초대를 받은 것이었다. 그들은 농장을 두루 돌아보며 그들 눈에 보이는 모든 것에 대해서, 특히 풍차에 대해서 커다란 찬사를 보냈다. 동물들은 순무밭에서 잡초를 뽑고 있었다. 그들은 땅으로부터 얼굴을 거의 들지도 않고, 돼지들과 이곳을 방문한 인간 중 누가 더 무서운 존재인지 알지도 못한 채 일에 몰두해 있었다.

그날 저녁 농가로부터 커다란 웃음소리와 노랫소리가 들려왔다. 인간의 소리와 돼지 소리가 뒤섞인 소리였다. 동물들은 갑자기 호기심이 일었다. 동물과 인간이 처음으로 평등한 관계로 만나고 있는 저 안에서 대체 무슨 일이 벌어지고 있을까? 그들은 일제히 농가 정원으로 소리를 내지 않으려 애쓰며 기어서 들어갔다.

집 문이 보이자 동물들은 겁이 나서 멈추었다. 하지만 클로버가 그들을 안으로 이끌었다. 동물들은 살금살금 집으로 다가갔고 키 큰 동물들은 식당 창문을 통해 안을 들여다보았다. 그곳 둥근 식탁 주변에 농부 여섯 명과 여섯 마리의 고위층 돼지들이 앉아 있었다. 나폴레옹은 식탁 머리 상석에 앉아 있었다. 돼지들은 아주 편한 자세로 의자에 앉아 있었다. 그들은 카드 게임을 즐기다가 건배를 하기 위해 잠시 게임을 중단하고 있었다. 커다란 조끼가 돌았고 잔에 맥주가 채워졌다. 아무도 동물들이 놀란 얼굴로 들여다보고 있다는 것을 눈치채지 못했다.

폭스우드 농장의 필킹턴 씨가 술잔을 들고 서 있었다. 그는 축배를 들사고 하디니 그 전에 꼭 해주고 싶은 말이 있다고 말했다.

그는 오랫동안의 불신과 오해가 이렇게 종지부를 찍게 된 데 대해 자신뿐 아니라 이곳에 참석한 모든 분이 매우 만족해한다고 말했다. 자신이나 이곳에 온 농장주들은 절대로 그런 감정을 갖지는 않았지만 이 동물 농장의 존경하는 주인에 대해 인간들이 적대심까지는 아니더라도 오해 비슷한 감정을 품었던 적이 있었다, 그래서 불행한 사건이 벌어졌었고 잘못된 생각이 널리 퍼졌었다고 그는 말했다. 돼지들이 소유하고 경영하는 농장의 존재가 비정상적으로 여겨졌고 이웃에 불안감을 줄 것처럼 여겨졌다는 것이다. 많은 농부가 제대로 알아보지도 않은 채 이런 식의 농장에는 방종과 무질서가 판을 칠 것이라고 속단했으며, 농장주들은 자기 농장의 동물들, 심지어 일꾼들에게

까지 나쁜 영향을 미칠까 봐 신경을 곤두세웠었다. 하지만 이제 그런 의혹은 눈 녹듯이 사라졌다. 오늘 자신과 자신의 친구들은 동물 농장을 방문해서 자신들의 눈으로 직접 모든 것을 확인했다. 그렇다면 우리는 무엇을 발견했는가? 가장 최신 영농방법뿐 아니라 모든 농장주에게 모범이 될 만한 규율과 질서를 발견했다. 동물 농장의 하급 동물들은 이 지역의 어느 동물보다 더 열심히 일하고 식량은 적게 받는다고 말하는 게 옳으리라고 믿는다. 실제로 그와 그의 동료 방문객들은 이곳에서 본 여러 가지 특징들을 자신들의 농장에 즉각 도입할 생각이다, 라고 그는 길게 말했다.

그는 다시 한번 동물 농장과 이웃 농장 간에 존재하는, 또한 존재해야만 하는 우호의 감정을 강조하는 것으로 연설을 끝내겠다고 말했다. 돼지들과 인간 사이에는 그 어떤 이해의 충돌도 존재하지 않으며 존재해서도 안 된다. 돼지와 인간이 투쟁해야 할 대상은 같으며 그들이 직면하고 있는 어려움도 같다. 어디에서건 노동문제가 똑같이 일어나고 있지 않은가?

이 대목에서 필킹턴 씨는 분명히 자신이 공들여 준비해 온 재담(才談)을 좌중에 털어놓을 생각이었음이 분명했다. 하지만 열변을 토하는 데 너무 심취해 있던 나머지 그는 잠시 입을 다물 수밖에 없었다. 그는 그 두툼한 턱이 퍼렇게 될 정도로 숨차 하더니 겨우 운을 뗄 수 있었다.

"여러분에게 맞서 싸워야 할 하등 동물들이 있다면, 우리에 게도 하등 계급이 있단 말입니다!"

이 '재치 있는 말'에 좌중에 박장대소가 터졌다. 이어서 필킹 턴은 다시 한번 그가 동물 농장에서 관찰한 낮은 식량 배급량, 긴 노동시간, 동물들의 순종적인 자세 등에 대해 찬사를 늘어 놓았다.

이어서 그는 마지막으로 모두 일어나 잔을 채우자고 말했다. "여러분." 필킹턴이 말했다. "여러분! 자, 건배합시다. 동물 농장 의 번영을 위하여!"

열광적인 환호 소리와 발 구르는 소리가 들렸다. 나폴레옹은 너무 기분이 좋아 자리에서 일어나더니 식탁을 돌아 필킹턴 씨 옆으로 와서 잔을 부딪친 후 술잔을 비웠다. 환호가 가라앉자 여전히 서 있던 나폴레옹은 자신도 한마디 하겠다고 했다.

늘 그렇듯이 그의 연설은 짧고 요령이 있었다. 그는 자신 역 시 이전의 오해가 종지부를 찍은 데 대해 무척 기쁘다고 말했 다. 얼마 동안 자신과 자신 동료들의 사고방식에는 뭔가 전복 적이고 혁명적인 요소가 들어있다는 악소문이 떠돌았다―악의적인 적들이 그 소문을 퍼뜨렸다고 믿을만한 상당한 근거가 있다―우리가 이웃 농장의 봉기를 선동하려 한다고들 믿어왔다. 하지만 그 얼마나 진실과는 거리가 먼 오해인가! 우리들의 유일한 희망은 지금이나 이전이나 마찬가지로 이웃과 평화롭게 지내면서 정상적인 통상관계를 유지하는 것이다. 내가 지금 통치하는 명예를 누리게 된 이 농장은 협동 기업이다. 자신이 소유하고 있는 이 농장의 소유권은 돼지들 공동명의로 되어있다, 라고 그는 덧붙였다.

그는 옛날의 의혹이 아직 남아 있다고 믿지는 않지만, 최근에 이 농장의 일상에 어떤 변화가 일어났으며 그 변화 덕분에 서로 간의 신뢰가 더욱 돈독해질 수 있으리라고 말했다. 이제까지 이 농장의 동물들은 서로를 '동무'라고 부르는 바보 같은 습관을 지니고 있었다. 그 습관은 폐지될 것이다. 그리고 그와 함께 도대체 그 유래를 알 수 없는 아주 이상한 습관이 또 하나 있다. 매일 아침 정원 기둥에 못 박혀 있는 수퇘지 해골 앞을 행진하는 일이 바로 그것이다. 여러분들은 깃대 꼭대기에서 나부끼는 녹색의 깃발을 보았을 것이다. 여러분이 유심히 보았다면 전에 그려져 있던 발굽과 뿔이 이제 지워져 버렸음을 알 수 있었을 것이다. 이제부터 그 깃발은 단순한 녹기가 될 것이다.

나폴레옹은 필킹턴 씨의 이웃 간 정이 넘치는 훌륭한 연설에서 딱 한 가지만 꼬집겠다고 말했다. 필킹턴 씨가 내내 '동물 농장'이라고 우리 농장을 불렀다. 사실 지금 자신의 입으로 처음 발표하는 사실이니만큼 '동물 농장'이라는 이름이 폐기되었다는 사실을 그는 분명 몰랐을 것이다. 이제부터 이 농장은 '매너 농장'이라는 본래의 정확한 이름으로 불리게 될 것이다, 라고 그는 말했다.

"여러분," 나폴레옹이 결론 삼아 말했다. "나는 전과 같이, 하지만 다른 방법으로 건배하겠습니다. 잔을 가득 채워주십시오. 여러분, 건배합시다. 매너 농장의 번영을 위하여!"

전처럼 다시 환호가 일었고 모두 술잔을 마지막 한 방울까지 비웠다. 하지만 밖에서 그 장면을 바라보고 있는 동물들에게는 지금 뭔가 이상한 일이 벌어지고 있는 것 같았다. 돼지들의 얼굴에서 대체로 뭐가 변한 거지? 클로버는 흐릿한 눈으로 돼지들 얼굴을 번갈아 바라보았다. 몇몇은 턱이 다섯 겹이었고 일부는 넷, 혹은 셋이었다. 그런데 대체 흐물흐물 녹아서 변해버린 것은 무엇이지? 이어서 박수와 환호가 끝나고 일행은 카드를 집어 들고 중단되었던 게임을 다시 시작했다. 동물들은 살며시 기어 나왔다.

그런데 약 20미터도 가지 않아 동물들은 갑자기 걸음을 멈추었다. 농가에서 아우성치는 소리가 터져 나온 것이다. 그들은 되돌아가서 창문을 통해 다시 안을 들여다보았다. 그렇다, 격렬한 싸움이 벌어지고 있었다. 그들은 고함을 지르고 책상을 내리치며 날카로운 의심의 눈초리를 서로에게 보내고 있었고 화를 내며 그렇지 않다고 떠들어댔다. 싸움은 나폴레옹과 필킹턴이 동시에 스페이드 에이스를 내밀었기 때문에 벌어진 것으로 밝혀졌다.

열두 개의 분노한 음성이 터져 나왔는데 그 음성이 모두 비슷했다. 이제 돼지들의 얼굴에서 일어난 변화가 어떤 것인지 분명해졌다. 바깥의 동물들은 돼지에게서 인간으로, 다시 인간에게서 돼지에게로 눈길을 옮겼다. 하지만 이미 어떤 게 어떤 건지 구별하는 게 불가능해졌다.

『동물 농장』을 찾아서

　정말 오랜만에 조지 오웰(George Orwell, 1903~1950)의 『동물 농장』을 읽고 번역했다. 그런데 마음이 영 편치 못하다. 왜 마음이 편치 못한 것일까?

　『동물 농장』은 비록 우화 형식으로 되어 있는 소설이지만 작품의 배경이 스탈린 치하의 소련이라는 것은 거의 객관적 사실로 알려져 있다. 오웰은 『동물 농장』을 구상할 당시의 일기에 다음과 같이 쓴다.

> 　우리가 어느 정도 스탈린 옹호자가 되었다는 사실만큼,
> 우리 시대가 도덕적으로나 정서적으로 천박해졌다는 것
> 을 더 잘 보여주는 예는 없다. 이 혐오스러운 살인자가

우리 편이 되었고, 그가 저지른 숙청 등의 악행은 갑자기

망각되었다. (제2차 세계대전 당시 오웰 일기의 한 부분)

　위의 일기에서 보듯 그는, 살인자인 스탈린이 비록 전쟁 상
황이긴 해도 잠정적으로나마 같은 편이 되었다는 사실을 참을
수 없어서, 그가 저지른 숙청 등의 악행이 잊힌 사실이 안타까
워서『동물 농장』을 쓴다. 이 소설은 스탈린의 악행과 소련의
현실을 고발하기 위해서 쓴 소설이다. 그렇기에『동물 농장』의
무대와 작품에 등장하는 캐릭터들은 당시의 현실에 그대로 부
합된다. 우화 형식을 빌린 철저한 리얼리즘 소설이라고 말해도
별로 틀린 말이 아니다.

　'동물 농장'의 전신인 '매너 농장'은 러시아 제국을, '동물 농
장'은 혁명 후의 소비에트 연방—소련—을 나타내며 필킹턴의
폭스우드 농장은 영국 및 미국으로 대표되는 자본주의 세력을,
프레더릭의 핀치필드 농장은 나치 독일을 나타낸다. 또한 작품
속의 인간/동물의 대립은 사회 지배계층/피지배계층의 대립을
의미하며 동물들에게 봉기를 부추기는 메이저 영감은 마르크
스, 혹은 레닌과 부합하고 '매너 농장' 주인이었던 존스 씨는 러
시아 니콜라이 2세와 부합한다. 버크셔종 수퇘지인 나폴레옹은

스탈린을, 스노우볼은 이상주의적 혁명론자였던 트로츠키를 상징하며 일일이 지적할 것도 없이 그 밖의 모든 동물, 심지어 쥐, 토끼, 참새 등 작은 동물들까지도 모두 지시 대상을 현실 속에서 객관적으로 찾을 수 있는 캐릭터들이다.

말하자면 『동물 농장』은 비록 우화 형식을 취하고 있지만 러시아에서 혁명이 일어난 후 스탈린이 집권하기까지의 현실을 정확하게 반영하고 있는 소설이며 소련에서 애초의 혁명 정신과 의지가 변질하고 타락해 가는 과정을 고발하는 소설이다.

그런데 작품에서 고발과 비판의 대상이 되었던 소련은 1991년 붕괴했다. 상식적으로 생각한다면 소련 공산당 체제의 모순을 직시하고 그 앞날을 예언한 소설이라며 작가의 혜안을 칭송하는 것으로 만족할 수 있다. 소련과 같은 전체주의 체제는 결국 붕괴할 수밖에 없다고, 『동물 농장』에서 묘사되고 있는 현실은 과거의 유산일 뿐 이제 존재하지 않는다고 안심할 수도 있다. 하지만 영 마음이 편치 못하니……. 그런데 묘하다. 소련이 붕괴한 지 30년이 지난 지금, 자유민주주의 국가인 대한민국에서 이 소설을 읽는 우리의 마음을 편치 않게 만든다는 것, 자꾸 우리를 돌아보게 만든다는 것, 바로 거기에 이 소설의 진가가 있다.

간단하게 묻자. 이 소설에서 고발과 비판의 대상이 된 소련 사회가 붕괴했다고 해서, 이 소설에서 그려 보이는 사회의 모습, 그 사회를 구성하고 있는 구성원들의 모습은 이제 지구상에서, 아니 더 좁혀 당사국인 소련에서 사라졌는가? 나폴레옹에게서 볼 수 있는 거짓과 탐욕에 가득 찬 지배욕은 사라졌는가? 그런 거짓 선동에 넘어가는 어리석은 민중은 사라졌는가? 그런 권력의 앞잡이들, 앵무새들, 선동가들은 사라졌는가? 소련 사회 붕괴 후 누구나 자유로운 개인의 삶을 만끽하는 바람직한 사회가 도래했는가? 더 이상 거짓 선전이 통하지 않고 진실이 받아들여지는 사회가 도래했는가?

절대로 그렇지 않다. 이 소설을 다시 읽고 번역하면서 내내 마음이 편치 않고 우울했다는 사실이 그것을 증명한다. 내 마음이 편치 않았던 것은 지구촌 곳곳에 전체주의 체제가 아직 존재한다는 사실 때문만이 아니다. 이 작품의 내용이 엄연히 자유민주주의 국가인 대한민국의 현실과 자꾸 겹쳤기 때문이다. 그렇다면 『동물 농장』에서 그려 보이는 세계는 일정한 시기에 소련에서 나타난 모습도 아니고 공산주의 사회에만 나타나는 모습도 아니다. 인간의 사회에는 언제고 나타날 수 있는 모습이다. 인간이 사회를 이루어 사는 한 끊임없이 경계해야 하는 모습이다. 인간에게는 전체주의적 권력욕이 늘 존재하기 때문이며, 그런 권력에 편승하는 모리배의 속성이 늘 존재하기 때문이며, 그런 권력에 기만당하는 어리석음이 늘 존재하기 때문이다. 그렇다.『동물 농장』속의 모습이 바로 지금 우리의 현실과 너무 비슷해 보였기에 내 마음이 그토록 편치 않았던 것이다.

조지 오웰이 스탈린 치하의 소련 사회를 비판하는 소설을 썼다고 해서 그를 반공주의자로 오해하면 안 된다. 실제로 그는 사회주의자이며 스페인 내전 당시에는 '마르크스주의통일노동자당(POUM)'에 가입한 공산당원이기도 했다. 그런데 그가 '사회주의자'였다는 바로 그 사실 때문에『동물 농장』은 더욱 통렬한 소련 공산당 비판 소설이 될 수 있었고 인간에게 내재해 있는 전체주의적 속성을 비판하는 소설이 될 수 있었다.

조지 오웰은 분명히 사회주의자이다. 하지만『동물 농장』과『1984』를 통해 본 그는 '사회주의'라는 이념에 경도된 사회주의자가 아니다. 그의 사회주의는 개인의 자유보다는 집단의 이익이 더 중요하다고 주장하는 사회주의가 아니다. 그는 집단의 이익을 위해서 개인이 희생되어야 한다고 주장하는 사회주의자가 아니다. 그가 사회주의자가 된 것은 '개인'이 '자유'와 '평등'을 누리는 건강한 '사회'를 꿈꾸었기 때문이다. 그가 사회주의를 택한 건 사회 구성원 전체의 자유와 행복을 무시한 채 특정 계층의 개인적 욕심이 지배하는 불평등하고 불균형적인 사회가 혐오스러워서이다. 개인의 탐욕이 다수의 희생과 불행을 강요하는 사회가 혐오스러워서이다. 그는 한 사회의 구성원들이 모두 인간다운 삶을 영위할 수 있는 그런 사회를 그리워한다는 의미에서 사회주의자가 되었을 것이다. 사회주의자인 오웰이 끝까지 버리지 않는 것은 개개인이 인간다운 삶을 누릴 수 있는 건강한 사회를 향한 꿈이지 '사회주의'라는 이념이 아니다. 그의 사회주의는 역으로 '사회주의', 혹은 '공산주의'라는 이념이 개인의 자유를 말살해 버리는 현실에 대해 통렬한 비판이 가능한 사회주의이다.

사회주의자인 그가 바란 사회는 사회 구성원들이 개인으로서의 자유를 누리는 사회, 이 사회는 바로 나의 사회라는 자부심을 가질 수 있게 하는 사회, 사회가 누리는 이익을 공유하는 사회, 그런 사회였을 것이다. 다시 말하지만 그의 사회주의는 집단의 이익을 위해 개인이 희생될 수 있다, 더 나은 집단의 미래를 위해 현재의 나는 희생될 수 있다는 의미에서의 사회주의가 아니다. 그의 사회주의는 평등한 개인들이 자유를 누리면서 인간으로서의 자부심을 지니고 살 수 있는 사회를 꿈꾸는 사회주의이다. 이상한 모순이다. 자유와 평등이 공존하는 사회주의! 개인의 자유가 무엇보다 중요한 사회주의! 집단의 이름으로 개인의 자유를 억압하는 것을 거부하는 사회주의! 그때의 사회는 개인과 대립하지 않는다. 개인의 자유와 대립하지 않는다. 대립은커녕 개인의 자유에 의해서만 건강한 사회가 될 수 있다. 어찌 보면 모순이며 너무 이상적이다. 하지만 바로 그 모순 때문에 그는 이른바 극우라고 일컫는 파시즘도 혐오하고 극좌라고 일컫는 스탈린주의도 비판할 수 있었다. 그의 사회주의는 하나의 대안적인 이념이나 정치체제를 택하게 만드는 사회주의가 아니라, 자유로운 인간들이 공존하는 건강한 사회를 불가능하게 만드는 이념이나 체제를 끊임없이 비판하게 만드는 사회주의이다. 그쯤 되면 그를 굳이 '사회주의'라는 틀 안에 가둘 필요가 없어진다. 그런 꿈을 꾸는 사람에게 이념이나 타이틀이 무슨 상관이 있겠는가!

　여기서 슬쩍 한 가지 질문을 던져 보자. 그는 과연 자신이 꿈꾸는 그런 사회가 가능하다고 보았을까? 안타깝지만 내가 보기에 그는 비관주의자이다. 『동물 농장』의 마지막 장면을 보라.

열두 개의 분노한 음성이 터져 나왔는데 그 음성이 모
두 비슷했다. 이제 돼지들의 얼굴에서 일어난 변화가 어
떤 것인지 분명해졌다. 바깥의 동물들은 돼지에게서 인
간으로, 다시 인간에게서 돼지에게로 눈길을 옮겼다. 하
지만 이미 어떤 게 어떤 건지 구별하는 게 불가능해졌다.

(156쪽)

정말 섬뜩하다. 인간에게 대항해서 봉기를 주도한 돼지들이
인간과 구별할 수 없는 존재가 되어버리다니! 창문을 통해 그
모습을 바라보는 동물들의 심정이 되어보면 더 먹먹해진다. 이
제까지는 그래도 비록 기만적인 선전 선동에 의해서일망정 동
물들에게는 위안거리가 있었다.

그들의 삶은 고달프고 그들의 희망은 전혀 성취되지 않
았는지 모른다. 하지만 그들은 자신들이 다른 동물들과
는 다르다는 것을 분명히 의식하고 있었다. 그들이 비록
배가 고프더라도 그것은 포악한 인간들을 먹여 살리느라
그렇게 된 것은 아니었다. 고된 노동을 하더라도 최소한
그 노동은 자신들을 위한 것이었다. 그들 중 그 누구도 두

다리로 걷지는 않았다. 그 어떤 동물도 다른 동물을 '주인님'이라고 부르지 않았다. 모든 동물은 평등했다. (146쪽)

그런데 이제 그 환상마저 사라졌다. 그 기만마저 사라졌다. 기만이 사라지면 진실이 밝혀지고 새로운 삶이 시작되어야 하거늘 동물들은 그저 무기력한 존재로 남아 있을 뿐이다. 심하게 밀한다면 돼지들이 새로운 거짓말로 자신들을 속여주기를, 그 속임수로 다시 위안을 주기를 바라는 존재로 변해 있는지도 모른다. 아니 애당초 그런 존재였는지도 모른다. 인간은 그토록 어리석은 존재인지도 모른다.

내가 너무 비관적으로 소설을 읽었는지 모른다. 하지만 조지 오웰은 이 작품의 유일한 지식인인 벤저민을 통해 그러한 비관주의를 감추지 않고 드러낸다. 나는 왠지 조지 오웰이 벤저민을 자신과 동일시하지 않았나 하는 생각이 든다. 자신을 그런 비관적인 지식인의 모습으로 슬쩍 이 소설에 등장시킨 것이나 아닌지 하는 생각이 든다.

다른 동물들의 삶은 그들이 알고 있는 한 언제나 똑같았다. 대체로 배가 고팠고, 짚 위에서 잠을 잤으며 우물물을 마셨고 들판에서 일을 했다. 겨울이면 추위에 떨었고 여름이면 파리에 시달렸다. 몇몇 늙은 동물들은 어렴풋한 기억을 쥐어짜서 존스 추방 직후인 봉기 초기의 삶이 지금보다 나았는지 아니면 못했는지 판단해보려 애썼다. 하지만 기억할 수 없었다. 지금의 삶과 비교해볼 수 있는 자료도 전혀 없었다. 있는 자료라야 스퀼러가 내놓는 통계 목록뿐이었고 그 통계는 한결같이 매사 점점 더 좋아지고 있다는 증거를 나열하고 있었다. 동물들은 이 문제를 자신들이 해결할 수 없다는 것을 깨달았다. 게다가 그들에게는 그런 문제로 씨름할 시간이 거의 없었다. 오직 벤저민 영감만이 자신의 긴 생애를 샅샅이 다 기억하고 있다고, 상황이 더 좋아지거나 나빠진 적도 없었고 그럴 수도 없으리라고 공언했다. 그는 굶주림, 고난, 실망이 삶의 불변의 법칙이라고 말했다. (144~145쪽)

거의 절망적이다. 그런데 여기서 묘한 역설이 나타난다. 바로 그 철저한 비관주의가 이 작품을 단순한 현실 비판적 소설로부터 고전으로 승격시키는 역할을 한다. 철저한 비관주의라는 것은 무엇을 말하는가? 역설적이게도 손쉬운 낙관에 빠지지 않는다는 것을 말한다. 손쉬운 대안을 현실 속에서 찾지 않고, 찾지 못한다는 것을 말한다. 하지만 비관은 절망과 동의어가 아니다. 만일 비관이 절망을 뜻한다면 오웰은 이런 소설을 쓰지 않았을 것이다. 그가 손쉬운 낙관에 빠지지 않는 것은 현실이 너무 암울하기 때문만은 아니다. 인간이라는 존재에 대한 비관 때문만은 아니다. 그것은 무엇보다 그가 그리는 이상이 너무 높기 때문이며, 그 바람이 너무 간절하기 때문이다. 또한 그가 너무 치열하게 두 눈을 뜨고 있기 때문이다. 피곤하기 그지없는 일이다. 그런 비관주의자는 불행하다. 작품 속에서 보더라도 아마 가장 불행한 존재가 벤저민일 것이다. 그는 모든 것을 다 알고 있다. 아는 것이 힘이라고 했지만 그에게는 아는 것이 불행이다. 아무것도 모르는 다른 동물들은 나름 『동물 농장』 안에서 자기 몫의 삶을 산다. 그러나 그는 부정하고 비판해야 할 현실 속에서, 그 현실을 수락하지도 못한 채 수동적으로 살아간다. 그저 적당히 눈 감고 적당히 못 본 척할 뿐이다. 도피도 못하고 비판도 못하면서 수락도 못하는 삶, 그냥 견디는 삶, 그게 벤저민의 삶이고 가장 불행한 삶이다.

벤저민은 어떤 의미로는 작가의 분신이지만 한 가지 다른 점이 있다. 벤저민과 달리 작가는 행동한다. 그 행동은 현실 참여

만을 뜻하지는 않는다. 물론 작가 오웰은 스페인 내전 참전 등 현실 참여를 한다. 하지만 그는 무엇보다 글쓰기로 행동한다. 그리고 그 글쓰기 속에서 벤저민이라는 비관적인 캐릭터를 등장시킨다. 그렇다면 그 비관적 캐릭터인 벤저민의 역할은 무엇인가? 벤저민의 비관주의는 작가가 이 소설을 통해 던지는 질문을 현재화한다. 우리에게 그 암울한 상황에 대해 끝없이 묻게 하고, 그런 불행이 언제고 우리 곁에 있으리라는 자각을 갖게 한다. 그리고 인간 사회의 근본적 모순에 대해 질문하게 만든다.

나는 이 소설을 읽으면서 나 자신과 여러분에게 묻는다.

우리에게는 아홉 마리의 개의 위협에 굴하지 않을 용기가 있는가? 다가올 미래의 행복에 대한 거짓 약속, 스퀼러의 기만적 선전에 속지 않을 자신이 있는가? 염소들의 합창에 눈멀고 귀먹지 않을 자신이 있는가? 증거 조작과 정보 조작과 통계 조작에 속아 넘어가지 않을 자신이 있는가? 망각의 늪에 빠지지 않을 자신이 있는가? 눈앞에서 훤히 벌어지는 불의와 부정에 눈감지 않을 자신이 있는가?

나는 또한 이렇게 묻는다.

만일 우리가 그런 현실 속에서 살게 되었다면? 우리가 그런

곳에서 태어났다면? 우리는 어떻게 했을까? 우리가 그런 것을 막을 수 있었을까? 또 이런 질문. 인류가 나아갈 길 앞에 사악한 전체주의적 시도는 계속 이어질 것인가? 어떻게 하면 그런 길로 가지 않을 수 있을까?

나는 진실을 가리는 수많은 거짓말, 선동적인 양들의 노랫소리가 귓전에서 울리는 세상을 살면서 그런 질문을 해본다. 그리고 『동물 농장』의 세계는 우리가 멀리서 바라보는 세계가 아니라 바로 우리 곁의 세계임을, 바로 우리 자신일 수도 있음을, 인류의 미래 모습일 수도 있음을 느낀다.

조지 오웰이 『동물 농장』 출간 후 곧바로 『1984』를 쓴 것은 조지 오웰의 질문이 그 지점에 이르렀기 때문이라고 나는 본다. 『동물 농장』에서 보인 '전체주의'의 모습은 공산주의나 자본주의 등의 어느 '주의'에만 속해 있는 것이 아니라, 인간의 욕망 속에 존재하는, 언제고 출현할 수 있는 위험임을 경고하기 위해서 『1984』를 쓴 것이 아닐까? 그 질문에 대한 답은 『1984』를 읽은 후로 미루기로 하자.

이번에는 『동물 농장』 출간과 연관된 몇 가지 일화를 소개하자.

조지 오웰이 『동물 농장』을 집필하게 된 것은 스페인 내전에 참여해서 겪은 경험 때문이다. 1936년에 오웰은 스페인 내전 발발 소식을 접하고 아내 아일린와 함께 스페인으로 가서 '마르크스주의통일노동자당(POUM)' 산하의 의용군에 들어간다. 물론 그 정당의 노선에 특별히 공감해서가 아니었다. 파시즘에 맞서 싸운다는 대의명분이 중요하지 소속이 무슨 상관있느냐는 생각에서였다. 그런데 당시 스페인 좌파 간에는 극심한 알력이 있었다. 소련의 배후 조종을 받는 스페인 공산당은 '마르크스주의통일노동자당(POUM)'을 줄곧 음해, 탄압한다. 그리고 급기야 'POUM' 관련자에 대한 체포가 시작되고 오웰은 아내와 함께 가까스로 스페인을 탈출한다. 스페인을 탈출한 오웰은 자신의 의용군 체험담과 아울러 스페인 공산당에 대한 고발을 담은 문제작 『카탈로니아 찬가』(1938)를 발표한다. 스페인 내전 참전으로 그는 공산당에 입당하기도 했지만 스탈린주의에 대한 경각심이 높아진 계기가 된 것이며 그 경험 덕분에 『동물 농장』을 쓰게 된 것이다.

조지 오웰은 1943년 11월부터 1944년 2월까지 몇 달에 걸쳐 『동물 농장』을 집필한다. 당시 영국은 미국과 함께 나치 독일에 맞서 소련과 전시 동맹을 맺고 있었고 영국의 지식인들—실은 영국뿐 아니라 프랑스를 비롯한 유럽의 대다수 지식인—은 스탈린을 높이 평가하고 있었다. 앞서 인용했듯이 조지 오웰은 지식인들이 스탈린을 높이 평가하는 것을 특히 견딜 수 없었으며 그 때문에 『동물 농장』 집필에 피치를 가한다.

하지만 막상 작품 탈고 후 출간하려 하니 출판이 어려웠다. 여러 출판사로부터 거절을 당한 것이다. 소련과의 우호 관계에 악영향을 미칠 것이 두려워서였다. 심지어 이제껏 그의 소설들을 발간해온 골란츠 출판사에서도 출간을 거부한다. 결국 『동물 농장』은 우여곡절 끝에 1945년 세커&워버그 출판사에서 출간된다. 그런데 출판사들의 거절 내용이 재미있다. 어느 출판사에서는 너무 편견에 가득 찬 내용이라고 출판을 거부한다. 『동물 농장』 작품의 내용이 현실과 너무 동떨어진 이야기라는 것이다. 소련에 대한 호감과 환상을 가진 입장에서의 거부이다. 다른 출판사에서는 일반적인 독재자 이야기라면 출판하겠지만 아무리 봐도 레닌과 스탈린을 너무나 정확히 지칭하고 있기에 출판할 수 없다는 거절 이유를 내세웠다. 너무나 현실과 부합하기에 출판할 수 없다는 것이었다. 눈치 보기의 전형이다. 이런 지적도 있었다. 『동물 농장』의 지배계급을 돼지로 설정한 것을 러시아 사람들이 그 얼마나 모욕적으로 여기겠냐는 것이었다. 조지 오웰은 T.S. 엘리엇이 운영하는 '페이버&페이버' 출판사에도 원고를 보냈다가 역시 거절당한다. 조지 오웰은 애초 원고 서문에 영국 국민이 얼마나 자기 검열에 젖어 있는지, 또한 영국 국민이 소련에 대한 비판 자체를 그 얼마나 탄압하고 있는지에 대해 불평을 털어놓았다가 출간 시 삭제한다.

초판 발간 때만이 아니라 이후에도 『동물 농장』은 여러 나라에서, 심지어 미국의 여러 주에서도 여러 번에 걸쳐 판금 대상이 된다. 말하자면 『동물 농장』은 국제 정치 기류에 따라 자주 판금의 대상이 되는 '정치적 풍랑'을 타는 작품이 된 것이다. 우화 형식의 소설로서는 대단히 드문 일이다. 아니 어쩌면 우화 형식이었기에 가능했던 일인지도 모른다.

참고로 『동물 농장』은 아주 최근에 중국에서도 재미있는 이야깃거리를 만들었다. 2018년 중국 공산당 당국은 모든 온라인 포스트에서 『동물 농장』에 대해 언급하는 것을 금지했다. 『동물 농장』 책이 여전히 서점에 진열되어 있는 가운데 내려진 조치이다. 아마 거의 아무도 그 책을 사서 보지 않는 마당에 서점 판금 조치를 취하면 오히려 이 책을 주목받게 하거나 당국이 너무 공격적이라는 인상을 줄까 봐 온라인에서만 언급을 금지한 것으로 보인다. 어쨌든 중국이 '전체주의'라는 단어를 너무 두려워한다는 것은 분명한 듯이 보인다. 그들이 온라인상에서 『동물 농장』에 대해 언급하는 것을 금한 것은 중국이 '동물 농장'과 너무 비슷해져 간다는 것을 감추기 위해서가 아니겠는가?

참고로 한 가지만 더 밝히자. 『동물 농장』은 출간 즉시 반공 소설로 널리 알려졌고 1948년에 정부를 수립한 대한민국에서는 미국의 지원을 받아 세계 최초로 『동물 농장』을 번역한 나라가 되었다.

「타임스」는 『동물 농장』을 영어로 쓰인 100대 소설 중의 하나로 꼽았으며 1996년 레트로 휴고상을 받았고 세계의 위대한 책 100선에 꼽혔다.

조지 오웰은 1903년 6월 25일 인도 북동부 모티하리에서 아편국 하급 관리인 리처드 블레어(Richard Blair)와 어머니 아이다 블레어(Ida Mabel Blair) 사이에서 태어났으며 본명은 에릭 아서 블레어(Eric Arthur Blair)이다. 하지만 그는 태어난 지 채 1년도 되지 않아 영국으로 건너갔다.

그는 1911년 영국 남부에 있는 세인트 시프리언즈 예비학교에 입학해서 5년간 다닌다. 학교의 억압적이고 차별적인 분위기에 그는 어릴 때부터 심한 좌절감을 겪었지만 학업성적은 우수해 이튼 칼리지에 진학한다. 1917년 이튼 칼리지를 졸업한 에릭은 인도 제국 경찰에 지원하여 1922년 발령지인 미얀마로 떠났다. 상류층 자제들이 다니는 이튼 칼리지 졸업생이 경찰관에 지원하는 경우는 거의 없었기에 남들의 주목을 받았지만, 그는 그런 시선 자체가 싫었다.

식민지에서 제국의 경찰로 복무하면서 제국주의의 모순과 한계를 절감한 그는 1927년 영국으로 귀국한 후 1928년 경찰직을 사임했다. 이때부터 그는 글을 쓰는 작가가 되겠다고 결심하고 한동안 노숙자와 접시닦이 등 밑바닥 생활을 체험한다.

1933년 그는 밑바닥 체험을 바탕으로 한 자전소설 「파리와 런던의 밑바닥 생활」을 조지 오웰이라는 필명으로 발표한다. 남성의 이름으로 흔한 '조지'와 부모님 댁 근처의 '오웰' 강을 합친 것이다. 이어서 그는 식민지 백인 관리의 잔혹상을 묘사한 『버마의 나날』로 문학계에서 인정을 받았고(1934), 1936년에는 잉글랜드 북부 노동자의 가난한 삶을 그린 『위건 부두로 가는 길』을 발표했다. 그해 12월 스페인 내전이 발발하자 그는 파시즘과 맞서 싸우기 위해 자원입대하여 '마르크스주의통일노동자당(POUM)'에 입당한다. 그는 바르셀로나 전선에서 목에 총상을 입고 부상을 당했으며 부상 직후 'POUM'이 스페인 공산당의 박해를 받는다. 그는 아내와 함께 스페인을 탈출해 프랑스로 건너갔으며 이때 느꼈던 이데올로기에 대한 환멸의 기록을 담은 문제작 『카탈로니아 찬가』를 1938년 발표한다.

그 사이 그는 결핵으로 건강이 악화되어 글쓰기를 중단하고 모로코에서 요양했으며 1940년 다시 영국으로 돌아와 영국 민방위대 부사관으로 일했고 1941년 BBC 방송국에 입사하여 2년 동안 라디오 프로그램을 제작한다. 1943년부터 「트리뷴」지 편집장으로 일하게 된 그는 그때부터 『동물 농장』 집필에 들어간다. 소련 신화가 서구 사회주의에 끼친 부정적 영향에 맞서기 위해서였다. 이 책의 출간과 함께 그는 일약 세계적인 작가가 되었으며 1946년도에 집필을 시작해 1949년 11월에 출간한 『1984』는 그의 명성을 더욱 확고부동한 것으로 만들어주었다.

하지만 지병인 폐결핵이 악화하면서 1950년 1월 47세를 일기로 런던의 한 병원에서 사망했다.

「타임스」에서는 전후 가장 위대한 영국 작가 중 2위로 그를 선정했고 BBC 투표에서는 지난 천년 동안 가장 위대한 영어 작가 3위로 뽑혔다.

동물 농장

생각하는 힘: 진형준 교수의 세계문학컬렉션 97

펴낸날	**초판 1쇄 2023년 11월 17일**
지은이	**조지 오웰**
옮긴이	**진형준**
펴낸이	**심만수**
펴낸곳	**(주)살림출판사**
출판등록	**1989년 11월 1일 제9-210호**
주소	**경기도 파주시 광인사길 30**
전화	**031-955-1350** 　팩스　**031-624-1356**
홈페이지	**http://www.sallimbooks.com**
이메일	**book@sallimbooks.com**
ISBN	**978-89-522-4736-0 04800** **978-89-522-3984-6 04800 (세트)**

※ 값은 뒤표지에 있습니다.
※ 잘못 만들어진 책은 구입하신 서점에서 바꾸어 드립니다.